打倒！御家乗っ取り

椿平九郎 留守居秘録 6

早見 俊

時代小説

二見時代小説文庫

打倒！御家乗っ取り——椿平九郎 留守居秘録6

目次

打倒！ 御家乗っ取り――椿平九郎 留守居秘録6・主な登場人物

椿《つばき》平九郎清正《へいくろうきよまさ》……羽後横手藩《うごよこてはん》江戸留守居役の若者。横手神道流の遣い手。

大内盛清《おおうちもりきよ》……羽後横手藩先代藩主。隠居として江戸下屋敷で趣味三昧《しゅみざんまい》の気楽な暮らしを楽しむ。

水瀬駿河守元昌《みずせするがのかみもとまさ》……旗本家から養子に入った相模厚木藩藩主。藩政改革に取り組む。

星野格之進《ほしのかくのしん》……藩主元昌が旗本家にあった頃よりの腹心の側用人。

栗原佐渡守貞通《くりはらさどのかみさだみち》……老中。下野国鹿沼藩六万二千石の藩主。三河以来の譜代の家柄。

天堂奉天《てんどうほうてん》……元昌が直々に召し抱えた経世家。藩財政の立て直しに奔走する。

村上掃部輔《むらかみかもんのすけ》……厚木藩国家老。六十を過ぎた老臣。

笹野玄蕃《ささのげんば》……厚木藩江戸家老。国家老村上と行動を共にする。

園田右京《そのだうきょう》……厚木藩江戸留守居役。水瀬家切っての切れ者にして、野心家。

落合丹波守保明《おちあいたんばのかみやすあきら》……へそ曲がりで頑固者と評判の大目付。大内盛清とは若い頃よりの知り合い。

綾野誠之助《あやのせいのすけ》……老中栗原佐渡守の甥。

服部伊賀守《はっとりいがのかみ》……三十前後と若い寺社奉行。

畑野志摩太郎《はたのしまたろう》……評定所留役頭《とめやくがしら》という重要な役職の能吏。

勘兵衛《かんべえ》……厚木城下の米屋、恵比寿屋の主。代々城下の総年寄を務める。

門左衛門《もんざえもん》……厚木藩、三輪田村の村長。

第一章　藩主押し込め

一

「大殿《おおとの》にお目にかかりたい！」

その男は二人の番士に抱えられながら藩邸に入って来た。

髷《まげ》を振り乱し、顔は蒼ざめ、息も絶え絶えである。それもそのはず、男の右肩と左の脇腹は斬られ、紺の小袖が血に染まっている。

文政《ぶんせい》四年（一八二一）の文月《ふづき》二十四日の昼、愛宕《あたご》大名小路《だいみょうこうじ》の一角に門を構える出《で》羽国《わのくに》横手《よこて》藩十万石大内山城守《おおうちやましろのかみ》盛義《もりよし》の上屋敷での出来事であった。

大内家留守居役、椿平九郎清正《つばきへいくろうきよまさ》は男を御殿玄関脇の控えの間《ま》に入れ、床《とこ》と医師の手配をした。

平九郎は二十八歳、それほどの長身ではないが、引き締まった頑強な身体つきだ。

ただ、面差しは身体とは反対に細面《ほそおもて》の男前、おまけに女が羨むような白い肌をしている。つきたての餅《もち》のようで、唇は紅《べに》を差したように赤い。そのため役者に生まれたら女形《おんながた》で大成しそうだ。

幕府や他の大名家と折衝《せっしょう》に当たる留守居役を担って一年半余り、男の只ならない様子を見て他藩とのいさかいが生《しょう》じる予感に駆られた。

医師を待つ間も、

「大殿に……大殿にお取次ぎを……大殿……」

何かに憑《つ》かれたように男は繰り返す。

「傷の手当が先ですぞ」

平九郎は必ず大殿こと大内盛清《もりきよ》に取り次ぐと約束し、まずは落ち着かせた。程なくして奥医師が駆けつけ男の治療に当たった。

手当をしている間、平九郎は廊下で待っていた。

玄関から表門に延びる石畳には点々と男の血が残っている。強い日差しが降り注ぎ、蟬《せみ》の鳴き声がかまびすしい。木々の緑が目に沁み、恨めしいほどの青空に真っ白な雲が浮かんでいた。

半時程して医師が出て来た。

右肩と左の脇腹を斬られていたが命に別状はないそうだ。傷を縫い合わせ、軟膏《なんこう》を塗り、眠り薬を服用させたという。しばらく安静を保てば治癒するが、無理をすれば傷が開き、化膿する恐れがある、と医師は説明した上、

「相模《さがみ》厚木《あつぎ》藩水瀬《みずせ》駿河守《するがのかみ》さまのご家来で星野格之進《ほしのかくのしん》、と名乗られました」

と、平九郎に教えてから立ち去った。

厚木藩水瀬家中……。

確か数日前、領民が老中栗原佐渡守《くりはらさどのかみ》の登城する行列に訴えをした。いわゆる、駕籠《かご》訴《そ》である。駕籠訴は御法度《ごはっと》で、訴えた者は斬られる。

この時も領民は斬殺されたのだが、栗原は訴状を受け取ったそうだ。

星野格之進が何者かに斬られながらも大内屋敷に駆け込んで来た。しかも大殿こと盛清を頼って来たのは駕籠訴と関係があるのだろうか。

目下《もっか》、藩主盛義はお国入りで不在だ。江戸家老矢代清蔵《やしろせいぞう》と協議の上、盛清に連絡しよう。

平九郎は御殿の一室で矢代に星野格之進駆け込みの経緯《いきさつ》を報告した。

矢代は留守居役を兼ね、「のっぺらぼう」とあだ名されているように、喜怒哀楽を表に出さない無表情が板についている。腹の底を見せない老練さと沈着冷静な判断力を備えていた。

この時も無表情で平九郎の報告を聞き、

「大殿に黙っておるわけにはいかぬな。武士が命懸けで頼っておるのだ」

と、矢代にしては珍しく情を理解した物言いをした。

「では、下屋敷に使いを立てます」

平九郎は腰を上げようとしたが、

「大殿は上屋敷におられる」

矢代は言った。

盛清は向島《むこうじま》にある下屋敷で暮らしている。

悠々自適の隠居暮らしなのだが、暇に飽《あ》かせて趣味に没頭しており、凝《こ》り性《しょう》である反面、飽きっぽい。料理に凝ったと思うと釣りをやり、茶道、陶芸、骨董《こっとう》収集に奔《はし》るという具合だ。

従って、盛清の隠居暮らしには金がかかる。

このため、大内家の勘定方は、「大殿さま勝手掛《かつてがかり》」という盛清が費《つい》やすであろう趣味にかかる経費を予算として組んでいる。それでも、予算を超える出費のある年は珍しくはない。

そんな勘定方の苦労を他所《よそ》に、盛清は散財した挙句《あげく》、ふとした気まぐれから耽溺《たんでき》した趣味をぱたりとやめる。興味をひく趣味が現れると、そちらに夢中になるのだ。

幸い、目下盛清が夢中になっているのは囲碁《いご》であるため、多額の費用はかからない、と勘定方は胸を撫で下ろしている。このところ、対局相手を求め、上屋敷にやって来る。

盛清相手に囲碁を打つ者は限られており、なんのかんのと用事を言い立てて逃げる者が多い。

「佐川《さがわ》殿と対局中じゃ」

矢代は教えてくれた。

佐川とは直参旗本先手組《さきてぐみ》、佐川権十郎《ごんじゅうろう》である。

各々の大名屋敷には出入りの旗本がいる。旗本は幕府の動きを摑む貴重な情報源であるからだ。大内家の場合は佐川権十郎がその役割を担う。佐川は口達者で手先が器用、また、多趣味とあって盛清とは気が合う。

時にやって来ては茶飲み話をしてゆく。茶飲み話には幕閣の動きはもちろん江戸の市中での噂話や流行《はや》り物などもあった。

平九郎と矢代は盛清と佐川が碁を打っている書院にやって来た。枯山水《かれさんすい》の庭に面した書院は風通しをよくするために開け放たれていた。床の間を飾る青磁《せいじ》の壺と掛け軸は盛清が骨董に凝っていた時に買った代物《しろもの》だが、贋物《にせもの》と噂されている。

書院の真ん中で盛清と佐川は対局していた。盛清が盤面に覆《おお》いかぶさるようにしているのに対し、佐川は扇子《せんす》で扇ぎながら余裕たっぷりの様子だ。

盛清は白衣《びゃくえ》の小袖に袴、袖無羽織を重ね、商家の御隠居といった風《ふう》である。還暦《かんれき》を過ぎた六十一歳、白髪交じりの髪だが肌艶はよく、目鼻立ちが整っており、若かりし頃の男前ぶりを窺《うかが》わせる。

元は直参旗本村瀬《むらせ》家の三男であった。昌平坂《しょうへいざか》学問所で優秀な成績を残し、秀才ぶりを評価されて、あちらこちらの旗本、大名から養子の口がかかった末に出羽国羽後《うご》、横手藩大内家への養子入りが決まった。大内家当主となったのは、二十五歳の時で、以来、三十年以上藩政を担った。

若かりし頃は、財政の改革や領内で名産品の育成や新田開発などの活性化に熱心に取り組み、そのための強引な人事を行ったそうだが、隠居してからは藩政には口を挟むことなく、藩政に注いだ情熱を趣味に傾けているのだ。

一方、佐川は白地に雲を摑む龍を金糸で描いた、役者と見まごう派手な着物を着流している。人を食ったような格好ながら、浅黒く日焼けした苦《にが》み走った面構《つらがま》えと飄々《ひょうひょう》とした所作が世慣れた様子と手練《てだれ》の武芸者を窺わせもしていた。

「相国殿《しょうこくどの》、いくら考えてもこの局面からの挽回《ばんかい》は無理ですぞ」

扇子を忙《せわ》しく使いながら佐川は語りかけた。

相国殿とは佐川が盛清に付けたあだ名である。盛清をひっくり返せば清盛《きよもり》、つまり平《たいらの》清盛を連想させ、生前の清盛が、「相国入道《にゅうどう》」と称されていたことから、佐川は盛清を相国殿と呼んでいるのだ。

盛清はというと佐川を、「気楽《きらく》」と呼んでいる。佐川が落語好きであることに加え、口から生まれたような多弁な男のため、人気噺家《はなしか》、三笑亭可楽《さんしょうていからく》をもじって、「気楽」と盛清はあだ名を付けたのだ。

ちなみに矢代に「のっぺらぼう」とあだ名を付けたのも盛清であった。

また、元来、平九郎の名は、「義正《よしまさ》」であったのだが、昨年の正月に藩主盛義の野駆けのお供をした際、見世物小屋に運ばれる途中であった虎が逃げ出して盛義一行を襲った。

平九郎は虎から盛義を守った。この功《こう》により、馬廻り衆から留守居役に抜擢され、留守居役としても抜群の働きをしたため、盛清から「清」の一字を与えられ、「清正」を名乗るようになったのである。「清正」は盛清自身の名と虎退治で有名な戦国の勇将、加藤《かとう》清正に因《ちな》んでいる。

「相国殿」

と、佐川は平九郎と矢代に気づいて声をかけた。盤面を睨《にら》んでいた盛清は顔を上げ、

「うるさい！」

と、怒鳴りつけた。

佐川は顔をしかめ、平九郎と矢代を見た。ようやく盛清も気づき、

「なんじゃ、のっぺらぼうと清正、雁首《がんくび》揃えおって、ああ、そうか、わしに挑みたいのじゃな」

と、機嫌を直した。

平九郎が答える前に、

「平さん、何か大事が出来《しゅったい》したんじゃねえのかい。顔に書いてあるよ」

佐川は察した。

江戸っ子言葉が板に付き、派手な身形《みなり》と相まって粋な武家だ。

「申してみよ」

盛清が促した。

平九郎は、水瀬駿河守の家来・星野格之進が盛清を頼って駆け込んで来た経緯を語った。佐川が碁盤を部屋の隅に片付けてから、

「水瀬家というと、駕籠訴騒ぎがあったな」

と、顎を掻きながら座った。

盛清は興味を示し、両目を見開いた。

「駕籠訴を行った者の中に女が入っていたとか。訴えた者たちの周到《しゅうとう》さを窺わせますな」

矢代の言葉に佐川がうなずき、

「そりゃそうだ。太股露《ふとももあら》わにした女の訴えかけは、聞き届けられやすいと踏んだんだろうぜ。普段なら急いで移動する老中の駕籠が、この日に限ってはゆっくり進んでいたのも運が良かったな」

と、言った。

さすがは佐川、平九郎の知らない駕籠訴の様子を知っているようだ。

盛清に求められ、佐川は駕籠訴の状況、領民の事情を知る限り語った。

通常、登城する老中の駕籠は迅速《じんそく》である。老中が急いで登城する行列を人々に見られたら、大事出来《しゅったい》、と騒がれる。そのため、老中を乗せた駕籠と行列はいつも急いで進むのだ。

老中栗原佐渡守も訴えを取り上げたからには徹底した吟味《ぎんみ》を望むことだろう。四人の領民は厚木藩領内の四つの村を代表していた。厚木領内には三つの郡に二百を超える村がある。二百のうちの四つの村のみが窮状《きゅうじょう》だということはなかろうが、果たして領民の多くが困窮しているのだろうか、と佐川は疑問を投げかけつつ、得意の饒舌《じょうぜつ》で語った。

評定所《ひょうじょうしょ》は幕府が訴訟を受け付ける最高機関、現代でいうところの最高裁判所である。幕府の諸奉行が裁けない複数の領主支配に跨る公事出入《くじでいり》、つまり民事訴訟を扱った。幕府開闢《かいびゃく》当初は特定の施設はなく、担当する老中の屋敷で吟味が行われていたが、明暦《めいれき》三年（一六五七）の大火で江戸城辰《たつ》の口《くち》にある伝奏《てんそう》屋敷が焼失を免《まぬが》れたことから、寛文《かんぶん》元年（一六六一）に伝奏屋敷の敷地内に設けられた。約千六百坪の敷地を丸太塀が囲っている。

更に佐川はこれは読売《よみうり》によるがと前置きをして、

「水瀬駿河守元昌《もとまさ》は藩政を省みることなく放蕩《ほうとう》に明け暮れているそうだぜ。吉原《よしわら》の花魁《おいらん》を水揚げしたり、連日、豪勢な宴を催していたそうだ」

羨ましいな、と言い添えたのが佐川らしい。平九郎は苦笑を漏らし、

「読売の記事の通りとしますと、領民の訴えを裏付けることになりますね。評定所で吟味が行われれば厳しい裁許が下されましょう」

「だが、水瀬家といえば三河《みかわ》以来の譜代《ふだい》名門だ。評定所も揉めるんじゃないか」

顎を掻きながら佐川は見通しを語った。

「評定所の吟味には御老中栗原佐渡守さまも立ち会われるでしょうか」

評定所の吟味は三奉行と呼ばれる寺社奉行、町奉行、勘定奉行と大目付、目付が行う。彼らは評定一座と称されている。

吟味する一件によって町奉行、大目付、目付が行う三手掛《さんてがかり》から、評定一座全員が加わる五手掛《ごてがかり》までの吟味形態がある。御家騒動のような大きな一件を扱う場合には老中が立ち会うものの、老中は吟味に加わることはない。

とは言え、評定一座から求められれば考えを述べることもあった。

「栗原佐渡守は老中の中では最も若く、尚且つ敏腕《びんわん》と評判だ。今回は自分が受け付け

た訴えだぜ。まあ、間違いなく吟味に立ち会い、意見を述べるだろうさ。いや、吟味を主導するだろうぜ」

佐川の考えに平九郎も賛同した。

名門譜代大名家の不祥事とあって評定所での吟味は、栗原だけではなく老中、若年寄りといった幕閣や、ひょっとしたら将軍徳川家斉《とくがわいえなり》の意向が反映されるだろう。訴えを取り上げた栗原佐渡守貞通《さだみち》は重大な責任を負う。

「厚木藩は藩祖元直《もとなお》さま以来、質実剛健《しつじつごうけん》の家風を誇ってこられた。ただ、他の大名家同様に台所事情は楽ではなく、今の駿河守元昌さまの代になり、新田開発や産業の振興が積極果敢《かかん》に実施されたと聞く。併せて年貢取り立ては四公六民《しこうろくみん》が守られていると耳にしておったが、そうでもないということか」

矢代が疑問を呈した。

年貢の取立ては四公六民、幕府開闢以来の定めであるが、日本全国で守られているわけではない。大名によっては五公五民、あるいは八公二民という過酷な年貢を課す藩もあり、領民は耐えきれず一揆《いっき》を起こすことは珍しくない。

寛永《かんえい》十四年（一六三七）に起きた島原《しまばら》の乱は島原藩藩主松倉勝家《まつくらかついえ》の過酷な年貢取り立てに苦しんだ領民たちが立ち上がったことに起因する。

水瀬元昌も過酷な年貢取り立てを行ってきたのだろうか。元昌は奏者番《そうしゃばん》への登用が内定している。出世の階段を登るためには老中、大奥などへの付け届けはいくらあっても不足はない。そのために年貢増を図《はか》ったのであろうか。

廊下を足音が近づいてくる。

平九郎は部屋を出た。

星野格之進が立っていた。平九郎が用意した寝間着に着替えていたが、よろめく様《さま》が悲壮感を漂《ただよ》わせている。改めて見ると歳は若い。平九郎と同年輩のようだ。

「星野殿……休んでおられよ」

平九郎が気遣うと、

「大丈夫です。それより、殿の御身《おんみ》に大事が出来したのです。大殿さまにお目通りをさせてくだされ」

必死の形相で星野は頼んだ。

「先だって、厚木藩の領民方が駕籠訴をしましたな。そのことと関わるのですか」

平九郎の言葉に星野はうなずき、是非とも話がしたいと、強く訴えかけた。平九郎は承知し、星野に肩を貸して書院に入った。

平九郎が、駆け込んで来た厚木藩水瀬家の星野格之進だと紹介し、藩主水瀬元昌の身に変事が起きたことを告げた。

「つきましては、星野殿が是非とも詳細を語りたいとのこと」

平九郎が言うと、

「命を賭《と》しての話かい。わかったよ。話してみな」

佐川は正座をし、矢代も首を縦に振った。

盛清は目を凝《こ》らし、

「その方《ほう》の話、おろそかには聞かぬぞ」

と、話すよう促した。

星野は事態を整理するためか両目を閉じた。

二

早朝のこと。愛宕下通り、大名屋敷が軒《のき》を連ねる一角に相模国厚木藩水瀬家上屋敷はあり、大内家の上屋敷とは一町ほど離れているだけだ。

藩主水瀬駿河守の側用人星野格之進は朝餉を終えた元昌の前に伺候《しこう》した。中奥《なかおく》の休息の間《ま》で対面した元昌はいつになく上機嫌である。上機嫌の理由がしばらくぶりで外出できるからとは星野にもわかっている。陽光あふれる部屋には温もりと笑顔が満ちていた。

庭には石楠花《しゃくなげ》が淡い紅色の花を咲かせている。

「お庭に芳春院《ほうしゅんいん》さまが佇んでおられるようでございます」

星野の言葉を受け、

「早いもので、母上が亡くなられはや一年になろうとしておるな」

うなずいてから元昌は言った。

元昌の義母芳春院は昨年の葉月《はづき》、眠るようにして息を引き取った。お国入りしていた元昌は後日、侍女たちから安らいだその顔はあの世で待つ夫で前藩主の元文《もとふみ》との再会を楽しみにしているかのようだったと文《ふみ》で読んだ。

「今頃は、義父と共に石楠花を愛《め》でておられよう」

「まこと、芳春院さまがお眠りあそばす常陽寺《じょうようじ》は石楠花の名所でございます」

星野も言葉を添えた。

今日の日和《ひより》通りの、のどかなやり取りが主従の間で交わされていた。

「奉天《ほうてん》、江戸の蜜柑《みかん》問屋を訪ね歩いておるようじゃが、首尾《しゅび》よくいくかのう」

奉天とは天堂《てんどう》奉天、元昌が直々に召し抱えた経世家《けいせいか》である。還暦を過ぎ、四年前までは浪々の身にあったが深い学識と湧くが如き智謀《ちぼう》により、元昌が進める改革の責任者となり、新田開発、殖産《しょくさん》を担い、栽培した蜜柑を江戸でも売り出そうと問屋を回っている。

今回は厚木の名産とした蜜柑の江戸での販路開拓に奔走《ほんそう》している。蜜柑の産地紀《き》州《しゅう》よりも早く江戸へ届けられる上に、甘いと奉天は商人たちに説いているそうだ。

「奉天先生のことですから、殿のご期待以上の成果を持ち帰られることでございましょう」

星野の返答にうなずき、

「さて、支度をするか」

と、立ち上がった元昌の顔には一点の曇りもなかった。

羽織、袴の軽装となった元昌は玄関に向かった。小姓は従えず、星野のみが斜め後ろを付き従っている。

玄関に至ったところで異様な空気が漂っていることに気づいた。が、時既に遅く、数人の屈強な藩士が元昌を囲んだ。

「控えよ、何事ぞ！」

星野が藩士たちを怒鳴りつける。

藩士たちはひるむどころか、元昌の腰から大小を奪い取った。星野が前に踏み出したところで、新たに三人の藩士が駆け付けて来た。先頭の国家老村上掃部輔《むらかみかもんのすけ》に、

「村上さま、これは何事でござりますか」

星野の言葉など耳に入らないかのように、

「殿を離れ座敷にお連れ致せ」

村上は命じた。

「おのれ！」

気色《けしき》ばんで村上に向かおうとした元昌であったが、藩士たちに阻まれた。村上以下三人は両手をつき平伏し、元昌が連れ去られるまでを見送った。成す術《すべ》もなく星野は立ち尽くすしかなかった。

元昌の姿が見えなくなったところで星野は村上らに向く。

三人は国家老村上掃部輔、江戸家老笹野玄蕃《ささのげんば》、留守居役園田右京《そのだうきょう》である。村上と笹野が六十過ぎの老臣であるのに対し、園田は三十三歳という働き盛りで、水瀬家中切っての切れ者と評判だ。

その評判を裏付けるように、すらりとした長身には無駄な肉が付いておらず、頬骨

が張った面差しは目鼻立ちが整い、目元涼やかで役者となったらいかにも舞台映《ば》えがしそうだ。

「村上さま、これは一体どういうことでございますか」

高ぶる気持ちを抑えて抗議する星野に、

「殿には不行跡《ふぎようせき》ゆえご隠居をして頂く」

村上はさらりと言ってのけた。

「殿は至ってご聡明で、お暮しぶりも質素であること、家中誰の目にも明らかですぞ」

星野が村上に詰め寄ると、

「星野殿、控えなされ」

園田が割って入った。星野は園田に向き、

「得心がゆきません。御家老方の謀反《むほん》でございますぞ」

声を嗄《か》らしてなじった。

「謀反とは聞き捨てならぬ。星野、控えおれ！」

居丈高《いたけだか》に反論する江戸家老笹野を横に村上は勝者の余裕を示すかのように口元を緩《ゆる》め、

「殿は御家の政《まつりごと》を顧《かえり》みることなく、放蕩三昧《ほうとうざんまい》のお暮し。家臣の手本となるべき藩主とは思えぬご所業じゃ。郡奉行の報告によると領内には一揆が起きかねぬ不穏《ふおん》な空気が漂っておるとか」

それを受け笹野も、

「まさしく」

と、力を込めて首肯《しゅこう》した。

「嘘偽りでござります。昨年の年貢取り立ては滞《とどこお》りなく行われました。しかも、四公六民を守っております。領民どもからは不満の声は上がっておりませぬ。郡奉行の屋敷に設けております目安箱《めやすばこ》にも不穏な投書はござらぬ」

「ところがのう、領民ども、昨日の昼、御老中栗原佐渡守さまに駕籠訴に及びおった。むろん、みな無礼討ちにされたが栗原さまは死を賭した訴えをお受け取りになられたのだ」

直訴状には過酷な年貢収公による藩主元昌の圧政が記してあり、領民の窮状が訴えられていた。

「まさか……」

絶句する星野を嘲笑《あざわら》うように村上は事実だと言った。おかしなことだ。一体どこの村の領民たちなのだ。それに、今の今まで老中への駕籠訴など聞かされていないことにも不信感が募《つの》る。

「御老中の耳に達した以上、我ら家臣は御家を守る必要がある。殿には御隠居願う。残念なことじゃがな」

残念という言葉を強調するためか村上は眉間《みけん》に皺《しわ》を刻《きざ》んだ。そんなことで誤魔化されるかと星野は両目を見開く。

「殿に領民どもの駕籠訴の責任を負わせるのですか」

「御家の政は殿が責任を負うは当然のことである」

「それは理屈ですが……」

尚も反論を重ねる星野に、

「星野、今回のことは御公儀も承知おきくださっておるのだ」

思わせぶりな言葉を返し、村上は口を閉ざした。

最早《もはや》問答無用ということだ。

星野の言葉を待たず、村上と笹野は足早に立ち去った。

たった今起きたことが現実とは思えない。廊下を歩く二人の足音が耳朶《じだ》の奥にまで響く。つい先ほど交わした元昌との長閑《のどか》なやり取りが遠い昔のようだ。気づけば、背中を冷たい汗が伝っていた。

一人残った園田が静かに語りかけてきた。

「星野殿、御家のためなのだ」

「園田殿、拙者は得心がゆきません」

「貴殿は殿が旗本大槻《おおつき》家の部屋住みでおられた頃よりお仕えしてきたゆえ、殿を庇《かば》いたい気持ちはわからぬではないが、御家は殿だけのものではない。この際だからはっきりと申すが、余所者《よそもの》の貴殿には水瀬家の伝統、家風がわからぬであろう」

園田は冷ややかに言った。

いかにも、星野は外様《とざま》、余所者である。八年前、元昌が大槻家から養子入りした際に、連れて来られた。旗本の家臣から大名の側用人になったのだから出世だが、水瀬家中の風当たりは強い。

履歴と役職からして、追従《ついしょう》者《もの》とか茶坊主《ちゃぼうず》と陰口を叩かれているのは承知している。ひどい悪口だと、「下駄の雪」と言われている。「踏まれても蹴られてもついてゆきます、下駄の雪」と面白おかしく詠《うた》われているのだ。

初めのうちは耳を塞ぎたくなり、悔しさに身を焦がしたが、次第に慣れ、最近では誇らしい。元昌への忠義を賞賛される言葉と受け止めているのだ。そんな余裕ができたのは、元昌による改革が成果を上げつつあるからだ。

「殿に忠義を尽くすのが武士ではござらぬか」

星野は堂々と反論した。

「御家にこそ身命《しんめい》を捧げるのが武士というものぞ」

口調も表情も至って平静《へいせい》だが、園田の眼差しには信念が感じられる。ひょっとして、元昌押し込めは園田が絵図を描いたのではないか。

この男、十俵二人扶持という平士《ひらし》の身であったが郡 方《こおりがた》役人として実績を積み、元昌の引き立てによって昇進を重ねた。二十八歳で郡奉行に抜擢《ばってき》されて上士《じょうし》となり、昨年三十二歳で江戸留守居役を拝命して禄《ろく》も五百石に加増された。将来は重臣として藩政に参画《さんかく》するであろうことは衆目の一致するところだ。

元昌のおかげで出世できたものを、恩知らずめと罵《ののし》りたいところだが、かりに非難したところで園田が悪びれることはないだろう。そもそも出世は己《おの》が器量によると元昌に恩義など感じていないに違いない。

「殿が御隠居あそばしたなら、家督は菊千代君《きくちよぎみ》がお継ぎになるのでござろうな。菊千代君は御年五つ、政は村上さま方が行われるのですか」

言葉の裏に村上や笹野、そして園田による陰謀《いんぼう》だと滲《にじ》ませたが、

「ご幼少の菊千代君では政というより、藩主は荷が勝ち過ぎると存ずる」

当然のように園田は返した。

「とすると……」

他家から養子を迎えるということか。

既に園田らは養子を迎える家も決めているのではないか。村上が言っていた。今回の一件は御公儀も承知のことだと。藩主押し込めという大事、園田らは周到な計画を巡らしたに違いない。

「どちらの御家から養子をお迎えになるのでござるか」

「さて、それがしは存ぜぬ」

やり取りを打ち切るように口を引き結ぶと、園田は立ち去ろうとした。

「お待ちくだされ」

思わず園田の袖を摑んだ。冷笑を顔に貼り付かせ、園田はやんわりと星野の手を払い、

「これまでの殿への忠義を新しき藩主への忠勤に向けるのが我ら家臣の務めと存ずる」

御免と一礼し、園田は廊下を歩いて行った。

茫然《ぼうぜん》と園田の背中を見送った。思えば、いつかこんな日が来るような気がしていた。元昌と家老たちは反目《はんもく》を続けてきたのだ。元昌が養子入り後、家督を継いだ時、御家の台所は大きく傾いていた。五十万両の借財が重く伸《の》し掛かっていたのだ。二十歳で藩主となった元昌は倹約令《けんやくれい》を出し、自らも範を示した。衣服は新調せず、木綿のもので間に合わせ、食費は一日百文以内でまかなわせた。藩主自らの禁欲ぶりを家臣たちも見習い、御家を挙げての倹約に努《つと》めた。

元昌は家臣たちの禄の三分の一を借り上げたが文句を言う者はなかった。当初はそれほど主従一丸となって改革に臨んだのである。

倹約ばかりか、四年前に経世家天堂奉天を召し抱え、奉天の指導の下《もと》、新田開発、養蚕《ようさん》、蜜柑の栽培を推進した結果、財政は次第に黒字に好転し、二年前には借財を返済し終えたのである。借り上げていた家臣たちの禄も利息をつけて返された。

実績を見れば名君であるが、家中には反発の声も上がった。

元昌は改革を遂行する上で大胆な人材の登用を行った。家柄、門閥《もんばつ》を無視した抜擢人事に戸惑いの声が上がり、やがては怨嗟《えんさ》の声が満ちた。わけても、どこの馬の骨ともわからぬ浪人天堂奉天を重用《ちょうよう》したことへの批判は強まるばかりとなった。元昌の信頼を得た奉天は農政指導だけではなく、二年前から厚木城中で藩士たちへ学問の講義を行うようになった。四書五経《ししょごきょう》の他に農政の実務、算術までも教え、上士であろうと呼び捨ての講義ぶりが反感を買っている。

家中の不満に耳を傾けた村上たち老臣は元昌との対立を深めた。それが頂点に達したのが去年の正月である。

江戸藩邸で行われた年賀の儀に家老以下、重臣たちが姿を現さなかったのだ。

これには元昌ばかりか母芳春院も危機感を抱き、元昌と老臣たちの間を芳春院が取り持ち、どうにか老臣たちは年賀の儀に出席したものの、溝は深く対立の火種が消えたわけではなかった。

ぎくしゃくとした関係が続き、芳春院の死によって元昌と重臣たちの間に立つ存在がなくなり、今回の押し込めという最悪の形となってしまったのだ。

星野が園田たちの企てに気づかなかったのは、この一月《ひとつき》ほど家老たちが元昌のご機嫌伺いをしていたからだ。いつになく、親し気なやり取りが続き、宴を張っても和《なご》やかな雰囲気であった。村上が国許から出て来たのが気になったが、まさか元昌押し込めの企てが進行していたとは……。

迂闊《うかつ》であった。

目配りが足りなかった。村上たちの動きを読めなかったのは自分の落ち度である。

とはいっても、今更自分を責めたところで後悔先に立たずである。

「殿、申し訳ございません」

膝から崩れた。


その直後、藩邸に経世家の天堂奉天が戻って来た。

表門脇の番小屋で星野は奉天と懇談に及んだ。星野が元昌押し込めを告げると奉天は一瞬表情を険しくしたが、じきに表情を消し、

「やられたな」

と、呟《つぶや》くように言った。

白髪交じりの髪を総髪《そうはつ》に結い、木綿の単衣《ひとえ》に裁着《たっつ》け袴という飾らない格好の奉天は、一見して大店《おおだな》の御隠居といった風貌である。枯れ木のように痩せているが肌は艶めき、目には力強い光をたたえていた。ただ、頬や口、顎には無精鬚が生え、それが見苦しいと家中では非難されている。

星野が打ちひしがれているのに対し、

「挽回すればよい」

囲碁の局面を盛り返すような気軽さで言った。

「ですが、殿の押し込めは御公儀も承知のことと村上殿は申しておられましたぞ」

　唇を噛みしめ星野が返すと、

「御公儀とは誰か……。おそらくは老中栗原佐渡守、駕籠訴を聞き届けたのは押し込めの布石《ふせき》であるな」

　断ずる奉天に、

「だとしましても、最早……」

「諦めるのか。殿が御隠居なされば、せっかくの改革は頓挫《とんざ》じゃ。わしの首も飛ぶ」

　奉天は自分の首を手刀で二度、三度叩いた。

「諦めたくはありません。しかし、手立てが……」

「手立てはある。評定所に訴えればよい」

　まるで碁会所に行くような気安さで奉天は言った。

「訴えを聞き届けてくれましょうか。たとえ訴えを聞き届けられたとしましても、評定所の吟味には栗原さまの関与が予想されます。当家の領民を偽った者たちが栗原さまに駕籠訴したのですぞ。領民たちは殿の暴政を訴えました。栗原さまは偽りの訴えをお取り上げになり、重役方による殿の押し込めと関連づけて、重役方の申し立て通り、殿の隠居を裁許されましょう。評定所で吟味するまでもないと判断なさるのでは」

悪い見通ししか立てられず、星野は肩を落とした。対して奉天は胸を張り、星野の肩を叩いて言った。

「好都合じゃ。水瀬家は御家騒動が起きていることが明白ではないか。評定所が取り上げぬわけにはいくまい。とは言え、老中栗原の顔色を窺い、評定一座の者は取り上げないかもしれぬが……一人だけ頼れる者がおる。大目付落合丹波守《おちあいたんばのかみ》じゃ」

星野は戸惑うばかりだ。

「落合丹波守はへそ曲がりの頑固者と評判。栗原の顔色を窺うこともない。それにな、落合は昌平坂学問所に通っていた頃、殿のお父上、直参旗本大槻左兵衛介《さへえのすけ》殿と机を並べた仲じゃ」

奉天に教わり星野は一筋の光明《こうみょう》を見出した。だが、不安も過《よぎ》る。

「落合さま、頑固者でへそ曲がり、ということはわたしの訴えを聞き届けてくれましょうか」

星野の不安を打ち消すように奉天は続けた。

「いかにも、そなたの訴えを聞き届けてくれるとは限らぬ。へんこ爺じゃからな。そこでじゃ、出羽横手藩大内家の大殿に相談してはどうだ。大内家の大殿も大槻左兵衛介さまと昌平坂の学問所で共に学んだ仲じゃ。おまけに若き日の殿を可愛がっておられたそうじゃ。大内家の大殿を通じて落合丹波守に訴えるのじゃ」

「大内家の大殿のことなら、殿より聞いております。大内家の大殿、盛清さまも旗本から大名家に養子入りし、傾いた台所を立て直しました。自分の手本とするお方だと」

希望が湧いてきた。

「盛清さまなら必ず力を貸してくれるじゃろう」

奉天の言葉に星野は力強く首肯した。

一礼すると、星野は番小屋を出た。

すると、園田右京が立っている。大目付落合丹波守に訴え出ると、奉天と密談した直後であっただけに、ぎょっとしたが努めて平静を装った。

「天堂奉天と何を話された」

いきなり園田は問いかけてきた。

「特には……」

言葉を曖昧《あいまい》にし、立ち去ろうとした星野に、

「君側の奸《かん》の話に乗せられてはなりませんぞ。軽挙妄動《けいきょもうどう》をなされることがなきよう。

御老中栗原佐渡守さまが我らの後ろ盾となってくださっております。お教え致しましょう。新しき藩主には直参旗本五千石で書院番頭綾野主計頭《あやのかずえのかみ》さまのご次男、誠之助《せいのすけ》さまをお迎えする手筈、綾野主計頭さまは栗原さまのご実弟です」

得意げに園田は語ったが、星野の胸は強い反発心で焦がされた。

老中の甥を元昌の後継に据えるとは……。

栗原の力を借りた御家乗っ取り以外の何物でもない。

「失礼致す！」

語調を強め言い置くと星野は足早に歩き去った。

が、藩邸を出たところで複数の家臣に囲まれた。

殺気立った彼らを見て、星野は駆け出した。

家臣たちは抜刀し、星野に斬りかかった。星野は夢中で応戦し、大内藩邸に駆け込んだのだった。

三

「以上、わたしが大殿にお会いするまでの経緯です」

息を荒くして星野は語り終えた。

「やはり、評定所に訴え出るべきと思います。落合丹波守さまに訴状をお渡し致しましょう」

即座に平九郎は言った。

「平さん、水を差すようだがな、ここは慎重になったらどうだい」

佐川は否定的である。

次いで、

「評定所の連中は栗原の顔色を窺うに決まっているしな」

と、言い添えた。

星野は暗い顔になった。

それを見て平九郎は反論した。

「ですから、落合丹波守さまなれば、栗原さまに忖度《そんたく》することなく……」

「頑固爺さんと評判だから、老中の顔色を窺うことはないかもしれないよ。だがな、近頃は益々頑固になってしかも耄碌《もうろく》しているって評判だ。昼行灯《ひるあんどん》だってさ。御家騒動なんて大きな訴えを聞き届けてくれるか、怪しいもんだぜ」

佐川は悲観的だ。

すると、盛清が、

「大目付、落合丹波守保明《やすあきら》……わしと昌平坂学問所で机を並べた仲じゃ。耄碌してもあ奴は熱い心を失っておらぬ」

と、割り込んだ。

星野の顔が輝く。

天堂奉天の助言に従って盛清を頼った甲斐があったと思ったのだろう。

「相国殿が太鼓判を捺《お》されるのでしたら、おれも引き下がるよ。星野さん、落合さんに訴状を届けるんだな……と言ってもその身体じゃ無理か」

佐川は首を捻《ひね》ったが、

「是非とも、落合さまに訴えます。つきましては、大殿さま、落合さまにご紹介をお願い致します」

星野は申し出た。

盛清はうなずくと、

「紹介状をしたためる」

と、受け入れた。

星野は両手をつき、礼を述べ立てた。

「星野殿はその怪我ではしばらく休んだ方がよかろう」

矢代が口を挟んだ。

「そんなこと言っておられませぬ。御家の大事です」

星野は力《りき》んだ。その拍子に全身に激痛が走ったようで顔が歪《ゆが》む。

当然のように、

「清正、そなたが行け」

盛清は命じた。

平九郎は了承してから、星野に任せてくだされ、と請け負った。

請け負ってから、重荷を感じた。


明くる日の朝、平九郎は星野がしたためた訴状を懐中《かいちゅう》に仕舞い、藩邸を出た。

外は雨である。

雨中を急ぎ、外桜田《そとさくらだ》にある落合保明の屋敷に赴《おもむ》いた。既に昼八つを過ぎている。

落合は書見中ということで、御殿玄関脇の控えの間で待たせてもらった。

待つこと一時余り、ようやくのこと書院に来るよう家臣に告げられた。書院に入ると、落合は文机《ふづくえ》を前に毛抜きで顎鬚を抜いていた。抜いた鬚を火鉢に入れ、ちらっと平九郎に視線を寄越す。焦げ茶色の小袖に同色の袖無羽織を重ねた略装だ。袴も穿いていなかった。

晩夏というのに雨とあって肌寒い。といっても火鉢に当たるほどではないのだが、年寄には堪《こた》えるようだ。落合は疝気《せんき》ということだから尚更であろう。

問いかける前から、

「雨の日には疝気の虫が疼《うず》いてかなわん」

一礼してから、

「丹波守さま、病のところ恐縮でございますが火急の訴えがございます」

平九郎は語りかけたが、それには答えず、

「陣三郎《じんさぶろう》、達者か」

と、問い直された。

誰のことかわからず返事に詰まった。ひょっとして耄碌してしまい、平九郎が誰でなんの用で訪問したのかわからないのでは、と危惧《きぐ》したが、

「盛清さまじゃ。大内家の大殿じゃよ」

落合に指摘され、盛清が旗本村瀬家の三男で、陣三郎が通称であったことを思い出した。

「はい、いたってお健《すこ》やかでござります」

　慌てて返した。

「大内家に養子入りし、名君と評判であったのう。今は悠々自適の隠居暮らしとは羨ましい」

「下屋敷にてお暮しでござります。機会がありましたら、碁など打ちにいらっしゃりませ」

「碁か。ま、いずれ……して、火急の用向き、水瀬家の押し込め騒動についてか」

　幸い落合が話題を向けてくれ、平九郎は本題に入ろうとした。

　すると、

「すまぬが近くまで来て話してくれぬか。どうも、耳も遠うなっていかぬでな」

　ぶつぶつと嘆き、毛抜きを文机の硯箱《すずりばこ》に置いた。火鉢の側まで行き、平九郎は、

「訴状でございます」と星野格之進の訴状を両手で差し出す。

　落合はぼんやりとした顔で受け取ったが血に染まっていることに気づいて、目元が引き締まったものの、いかにも億劫《おっくう》そうに中身を広げた。

「読み辛《づら》いのう」

　不満を漏らしたのは血痕《けっこん》が邪魔をしているのではなく、視力が衰えているせいのよ

うだ。目をしょぼしょぼとさせ、訴状を遠ざけたり近づけたりを繰り返し、時に内容を声に出して苦労しながら読み進む。

読み終えると、

「なるほどのう……」

言ったきり口を噤《つぐ》んだ。

「落合さま、訴えをお聞き届けになられますな」

「わしの一存では答えられぬのう」

「三奉行方に諮られてからでございますか」

「御老中の裁断も仰がねばのう。この訴状がまこととすれば、水瀬家中で御家騒動が起きたことになる。わしの一存では吟味に及べぬわ」

落合は平九郎に向いた。

面倒だと嫌がっているようだ。

「仰せの通りにございますが、星野殿の命を賭けた訴えでございます」

語調が強まり、星野に肩入れをしてしまう。

「その男、死んだのか」

「幸い、一命は取りとめました。本来なら星野殿が持参すべきところでしたが、傷口が開く懸念があり、わたしが代わりに持参しました。武士は相見互《あいみたが》いでございます」

「確かに武士は相見互いじゃが、他家の御家騒動に関わることはあるまい」

落合は鼻白《はなじろ》んだ。

「ですが、頼られ、引き受けたからには最早後戻りはできませぬ。それに、星野殿はおそらく水瀬家の者に襲われ、当家に駆け込んだので匿《かくま》いました。助けを求められた武士を匿うのは武士道の倣《なら》いでござります」

「陣三郎、いや、大殿も承知のことじゃな」

「はい」

と、平九郎が返答すると、落合は血染めの書状を折畳み、「謹上」と書き記された封筒に入れて懐《ふところ》に仕舞った。

「落合さま!」

つい、声が大きくなる。

「そんなに大きな声を出さずとも聞こえる」

耳をほじくりながら落合はあくびを漏らした。平九郎は詫《わ》びてから是非とも評定所でお取り上げください、と頼み込んだ。

「だから、御老中の裁断を仰ぐと申しておるではないか。それにな、わしのような老いぼれではなく、もっと、若い御仁《ごじん》に任せた方がよいぞ。なにせ、わしは病がちゆえな」

逃げ腰な落合を見たら星野はさぞや気を落とすことだろう。一番若いのは、寺社奉行の服部伊賀守《はっとりいがのかみ》で三十前後、無難に役目を終えれば、大坂城代《おおさかじょうだい》、京都所司代《きょうとしょしだい》を経て老中への昇進という道が開かれる。

出世は老中の引き立てが物を言う以上、栗原の意向に逆らうような訴えを取り上げることはあるまい。それがわかっているから星野も落合に望みを託したのだ。

落合丹波守保明、気を奮い立たせてくれ。

「落合さま、どうかお願い申し上げます」

「おいおい、何度申したらわかってくれるのかのう。御老中の裁断を仰ぐと申しておるじゃろう。わしの一存ではどうにもならぬ」

「御老中にではなく、公方《くぼう》さまに願い出られてはいかがでございましょう」

思い切って進言すると、

「なんじゃと」

落合の目が鋭く凝らされた。こめかみに青筋が立った。

「出すぎたことを申しました」

慌てて平伏する。

「上さまのお心を煩《わずら》わせることはできぬ」

帰れとばかりに落合は右手を払った。

噂以上の頑固者のようだ。これ以上、いくら頼んだところで、いや、頼めば頼むほど、意固地となるだろう。今日のところは引き下がろう。

平九郎は腰を上げ、書院を出た。廊下で振り返り挨拶しようと落合に視線を向けると、落合は懐中から訴状を取り出し、さっと火鉢の中に投げ入れた。

「ああっ」

平九郎の驚きの声が上がる中、訴状は炎に包まれた。

四

悄然《しょうぜん》として落合屋敷を出た。雨脚は弱まってはおらず、往来もぬかるんでいる。足を取られ歩きにくいが星野の気持ちを思うとゆっくりもしていられない。

雪駄《せった》を懐に入れ、袴の股立《ももだ》ちを取って足早に進んだ。軒を連ねる武家屋敷の甍《いらか》が雨を弾き、飛沫《しぶき》となって降りかかる。武士の姿はおろか行商人も行き交ってはいない。

向かい風に抗《あらが》うように傘を前方に傾け、一歩一歩踏みしめながら進む。足取りが重いのは雨風のせいばかりではない。

夕刻近くになり雨に烟った大内家上屋敷の築地塀が見えてきた。すると、表門に人影がある。

星野格之進だ。

治療されることを潔《いさぎよ》しとせずに出て来たものと思われる。傘も差さず、濡れ鼠となった身体は傷のせいで前屈みとなり、風に煽られて足下《あしもと》が覚束《おぼつか》ない。雨中にただ一人、彷徨《さまよ》うように歩く姿は哀れみを誘った。

駆け寄ろうとしたところで、背後から足音が近づいてきた。泥を跳ね上げる足音には殺気が感じられる。振り返ると同時に、十人の侍が平九郎の両脇をすり抜け、星野目がけて殺到した。

傘を放り投げると同時に平九郎は抜刀し侍たちを追いかける。十人が星野を囲んだ。

「やめろ!」

風雨に負けない怒声を放つ。

一瞬、十人が動きを止めて平九郎に向き直り、まずは三人が斬りかかってきた。平九郎は峰《みね》を返し、右から斬り込んできた敵の籠手《こて》を打った。大刀が地べたに落ちた。

平九郎はすかさず蹴飛ばす。

雨水を跳ね上げながら二人が刃を向けてくる。

水たまりに入ると平九郎は右足を強く蹴り上げた。水飛沫に敵がひるんだ。すかさず一人の首筋、もう一人の胴を峰で打つ。二人は膝から崩れた。

残る七人が星野に向かった。傷を負った星野の動きは鈍《にぶ》く、相手の刃を受ければ命はないだろう。

平九郎は懐の雪駄を掴むや敵に向かって投げつけた。

雪駄は一人の後頭部に当たった。

間髪容れず駆け寄り、振り返った敵の胴を打つ。

六人が平九郎と対峙《たいじ》した。

平九郎は大刀の切っ先をゆっくりと動かし始めた。吸い寄せられるように六人の視線が切っ先に集まる。

平九郎は切っ先を八文字に動かした。

雨中にもかかわらず刀身はほの白く煌《きら》めき、太刀筋《たちすじ》は鮮やかに八文字の軌跡を描いた。

敵の目には平九郎が朧《おぼろ》に霞《かす》んでいる。

敵は算を乱しながらも斬りかかってきた。

が、そこにいるはずの平九郎の姿がない。

唖然《あぜん》とする彼らの背後で、

「横手神道流《しんとうりゅう》、必殺剣朧月《おぼろづき》！」

大音声《だいおんじょう》を発するや、平九郎は振り返った六人の首筋や眉間に峰討ちを浴びせた。

敵は水たまりに蹲《うずくま》った。近寄って素性《すじょう》を確かめようとしたところで星野ががっくりと片膝をついた。

確認するまでもなく水瀬家中の者たちだろう。敵の素性を確かめるより今は星野の身だ。

「格之進殿、しっかりなされ」

ごく自然に平九郎は名前で呼んでいた。

一方、星野の方は椿殿とあくまで苗字で返したが、その声音は弱々しい。星野を抱き起こしている間に十人の侍がぱしゃぱしゃと雨を跳ね上げながら立ち去った。

「水瀬家中の者たちですか」

「いかにも」

悔し気に星野は唇を嚙んだ。

「藩邸にはお戻りになられぬがよろしかろう」

「しかし、他に行く所とてなし。それに、本来であれば、藩邸で襲われた時に果てたはずの身でござる」

「命は取り留めたのです。これは、評定を見届けよという天の意志でござるぞ」

天という言葉に反応したのか星野は雨空を見上げた。容赦《ようしゃ》なく雨が顔面を打つ。あたかも己が試練というように、星野はかっと両目を見開いた。目に染みるであろう雨に抗うかのように、

「逃げませぬ。椿殿、吟味の場にて証言させてくだされ」

「しかと承りました。さて、お住まいですが……。そうですな……。やはり、大内家上屋敷に逗留されよ」

平九郎は肩を貸そうとしたが、星野はやんわりと断り、「自分の足で歩きます」と言った。その言葉に深い意味はないだろうが、状況が状況なだけに重みを感じてしまう。

藩邸に入ると降り続いた雨は上がったが、暮れ六つを過ぎ薄暮に包まれている。

「迷惑をおかけ致す」

改めて星野が頭を下げると、

「その言葉、これきりにしてください」

釘を刺すように平九郎は言った。

「落合さま、お引き受けくだされたのですな」

星野の言葉が胸に刺さる。

火鉢の中で燃え上がる訴状が脳裏《のうり》を過る。期待と感謝に満ち溢れた星野の顔を見ると拒まれたとは言えない。なんとしても落合を発奮させなければ。

「お受け取りになりました」

受け取りはしたのだ。

偽っているのではないというのは誤魔化しに過ぎないが、星野を落胆させることはできない。

「よかった」

星野の笑顔が罪の意識を深める。

「ところで、わたしは厚木藩領に行ったことがあるのです。殿の名代で寒川《さむかわ》神社に参拝に行った折です。駿河守さまのご一行が領内を巡見《じゅんけん》しておられました」

厚木領内は活気づいていた。決して楽ではない暮らしを送っている領民たちだったが、笑顔があった。殿さまを慕う声も聞かれた。元昌から頭を撫でられたり、抱き上げられたりした子供たちもいた。

元昌の善政は抜けるような青空の下、実り豊かな大地と共に平九郎の脳裏にくっきりと刻まれた。

「殿は困っている者を目にすると放ってはおけぬお方です」

語るうちに星野の胸に熱いものが込み上げてきたようで声が上《うわ》ずった。

平九郎も目が潤み星野の顔がかすんだ。涙を悟られぬよう顔をそむけ口早に言った。

「星野殿、一献《いっこん》傾けませぬか」

「いや、それは」

星野は左の脇腹をさすり躊躇《ためら》いを示した。

「ああ、そうでしたな。傷によろしくはございませんな。ならば、夕餉を食しながら御家の事情、詳しくお聞きしたいと存じます」

「かたじけない。実を申さば、今朝から何も食しておりませぬ」

照れるように星野は頭を掻いた。

「夕餉の支度を言いつけましたので、いましばらくお待ちくだされ」

星野はかたじけないと頭を下げた。

夕餉の膳が用意された。

茄子《なす》の煮つけ、胡瓜《きゅうり》の浅漬けと味噌汁だ。

浅利《あさり》の味噌汁に口をつけながら、

「評定所で吟味が始まるまで、ゆるりと逗留され、傷を癒されよ」

平九郎は語りかけた。

星野は緊張したままだ。料理を味わうゆとりなどはないのだろう。好物の甘辛く煮つけられた茄子であったが、星野を気遣っているせいか苦い味わいであった。

腹が満たされたところで星野は水瀬家の内情を語ろうとした。

平九郎は行灯を引き寄せ、文机の前に座すと筆を執った。じめっとした生暖かい空気が漂っているため襖を開け放つ。

星野が語る水瀬家の重臣や役職を整理し書き記す。元昌を押し込めた国家老村上掃部輔、江戸家老笹野玄蕃、そして江戸留守居役園田右京の三人だ。今回の企ては園田が中心となって絵図を描いているらしい。

留守居役として平九郎は園田右京という男に興味を抱くと同時に評定所で吟味が始まれば園田と対決するのでは、と予感した。

続いて星野は元昌が藩主を継いでから行った藩政改革を語った。

「特筆すべきは就任された年に郡方を強化したことですな」

元昌は就任早々、領内を巡見し領民たちの声を聞いた。しかし、それは藩がお膳立てをした巡見であった。すなわち、庄屋に村人を選抜させ、藩主に対する無難な感謝の言葉を語らせたのである。

「しかし、殿は家老たちの欺瞞《ぎまん》を見透かしておられました」

元昌は巡見する前に、お忍びで領内を回っていた。領民たちの生《なま》の声を聞くためである。そこで聞いた声と巡見で語られる話にはあまりにも相違があった。

「殿は領民の本音が滞らず届くように郡方の役所と役人を増員しました。増員に当って役目によっては相役《あいやく》をやめました」

江戸時代、幕府や大名家は侍が余っていた。武士の数の割に役職は少なかったのである。従って、ひとつの役を二人で担う相役が普通であった。それをやめ、郡方に人員を元昌は投じたのだった。

「御公儀に倣い、村々には目安箱が設けられました」

元昌の事績を語る星野の顔は輝いていた。

各村の神社や寺に目安箱が設置され、領民の意見が取り入れられるようにした。

「併せて、足《た》し高《だか》の制も取り入れました」

足し高の制とは八代将軍徳川吉宗《とくがわよしむね》が用いた人事手法である。身分に囚われず能力ある者を積極的に登用するための方策であった。身分が低いと禄高も少なく、登用される役高に達していない場合、不足分を在職中にのみ加増する制度であった。

元昌も活用し、身分や門閥に囚われない人事を断行した。元昌の積極的な人材登用により、家中や領内は活性化し、新田の開発、特産品の繭《まゆ》や蜜柑の栽培と販売なども順調に進み借金は徐々に減っていった。

「こうした殿の政を推し進めたのが天堂奉天という学者でござる」

星野は指で宙に、「天堂奉天」と書いて見せた。

「天堂先生は豊富な学識と湧くが如き智謀《ちぼう》を見込まれ、四年前より召し抱えられました。天堂先生の指導により、新田の開発、養蚕、蜜柑栽培が実施され、これが実を結び、御家の台所事情や領民の暮らしが好転したのでござる。蜜柑は名古屋《なごや》、上方《かみがた》で売れるようになり、今年からは江戸でも扱われるよう奉天先生が骨を折っておられたのです」

「大した学者なのですな」

「優れたお方でござる。今回の訴え、大内家の大殿を介して落合さまに訴えよ、と策を授けてもくださったのです。ところが、なんと申しますか、言葉を飾らないと申すか、遠慮のない物言い、水瀬家とは縁も所縁《ゆかり》もない浪人に大きな顔をされるのは我慢ならぬと憤る者も家中にはおりました。そして、急激な改革は反動が起きるもの。家柄にあぐらをかいていた老臣たちは左遷されて不満を募らせ、殿を怨嗟する声を上げるようになったのでござる」

家中の軋轢《あつれき》は城下にも聞こえるほど大きくなり、いつしか風紀も乱れ始めた。遊女屋、賭場が増え、懐具合がよくなった家臣や領民が金を落とすようになった。

「その家中の歪みを御老中栗原佐渡守さまにつかれたのだと思います。村上さま方はご自分の甥を養子に送り込む栗原さまの魂胆《こんたん》に乗せられたのです」

考えを述べてから星野は幕府のご政道批判を戒めるように唇を噛んだ。

「星野殿、さぞやお辛かったことでございましょう」

「殿は盛清さまを心から尊敬し、盛清さまに倣って御家の改革に邁進《まいしん》されたのでござります。旗本の部屋住みの身から大名家に養子入りし、傾いた台所を立て直した盛清さまをお手本となさっておられます」

星野の熱い思いを盛清に聞かせたい。もちろん、落合保明にも。

「落合さまなら、きっと星野殿のお気持ちを受け止めてくれますぞ」

それは平九郎の願いでもあった。

第二章　評定始まる

一

文月二十六日、平九郎は用部屋で過去、評定所の評定一座が沙汰をした裁許書を調べていた。裁許書の写しは評定所留役《とめやく》に頼んで借りた。

昨日とは一転、朝から強い日差しが降り注ぎ、紺碧《こんぺき》の空に白雲が光っている。蝉の鳴き声がかまびすしく、軒先に吊るされた風鈴の音が聞こえない。

手巾《しゅきん》で額や首筋を拭いながら平九郎は裁許書を捲《めく》った。過去、十九年間、すなわち享和《きょうわ》二年（一八〇二）落合保明が勘定奉行、町奉行そして大目付として評定一座に加わってからの記録である。

十九年もの間、落合が裁許した膨大な文書である。落合丹波守の足跡を辿《たど》っていると思うと背筋が伸びる。水瀬家の御家騒動は落合こそが吟味し、裁許すべきだと改めて平九郎は確信した。

「よし」

落合が星野の訴えを取り上げるまで落合の屋敷に日参しよう。訴状は落合に燃やされてしまったが、落合の了解が得られればもう一度星野格之進に書いてもらえばよい。

すると、盛清がやって来た。

せっかちな盛清のことだ。

落合が訴えを聞き届けたのか確かめに来たに違いない。

案の定、奥の書院に入るや、

「勘太郎《かんたろう》の奴、聞き届けたであろうな」

盛清はずばり問いかけてきた。

勘太郎は落合保明の通称のようだ。

「それが……」

不首尾《ふしゅび》であったことを平九郎は報告した。

「勘太郎め、すっかり耄碌しおって。なにが老中と相談する、じゃ。以前の落合であったら、老中にお伺いなど立てず、自分の判断で吟味を行った。もちろん、評定一座の者どもには諮ったがな。いやじゃのう。歳は取りたくはないものじゃ」

盛清は落合を罵倒《ばとう》した。

「何分《なにぶん》にも今回の一件は御家騒動になりかねない……」

ここまで平九郎が言ったところで、

「既に御家騒動になっておるわ」

盛清は声を大きくした。

平九郎は一礼してから、

「そのような大事ゆえ、落合さまも御老中の了解が必要と考えておられるのです」

と、異を挟んだが、

「しかし、星野の訴状を火鉢にくべたのじゃろう。訴えを聞くどころか老中に上申するする気がないではないか」

まるで平九郎が悪いとでもいうように盛清は険《けん》のある目をした。

平九郎は落ち着き、

「ですから、本日より訴えを取り上げてくださるまで落合さまの御屋敷に日参する覚悟です」

と、決意を示した。

盛清は何か言いたそうであったが、

「うむ、そうせい」

と、承知した。

すると、

「失礼致します」

星野の声が聞こえた。

まずい、盛清とのやり取りが聞こえたか。盛清の声はでかいが、もちろん諫《いさ》めることもできないのだ。

「入れ」

盛清が返すと星野が入って来た。

果たして、その顔は失望に染まっている。顔を合わせるのがつらい。

「椿殿、落合さまはそれがしの訴えをお受けくださらなかったのですね」

肩を落とし、星野は言った。

「申し訳ござりません。星野殿を偽ってしまいました」

平九郎は頭を下げた。

「残念ですが、それがしを気遣ってくださったものと感謝致します」

星野は平九郎への気遣いを忘れない。これを聞くと余計に申し訳なさがこみ上げる。

「椿殿に非はありませぬ。やはり、拙者が落合さまに訴えるべき大事でした」

星野は自分が行く、と主張した。

「お引き受けした以上はわたしが……」

言ったものの受け取られなかったがために力が入らない。

盛清が割り込み、

「清正、そなたの責任で成し遂げよ」

と、厳命した。


二十六日の夕刻から平九郎は落合の屋敷に日参した。

しかし、門前払いを繰り返されるだけで会ってはくれない。

六日目、月が替わった葉月《はづき》一日、あいにくの雨であったが、門前で土下座をして落合が出て来るのを待った。しかし、落合は屋敷に引きこもったまま外出しなかった。

翌葉月二日の朝、雨は上がり晴天が広がった。残暑は厳しいが雲の流れや頬を撫でる風がどことなく秋めいていて安らぎを覚えた。蟬の鳴き声も心地よい。

門前の水溜りが揺れたと思うと門が開かれた。日参した甲斐があって落合を乗せた駕籠が屋敷から出て来た。平九郎は咄嗟《とっさ》に水溜りの中で土下座をした。覚悟のほどを見せたつもりだ。誠意が通じたのか駕籠が止まり、引き戸が開いた。

泥水にまみれた顔を上げ、訴えを取り上げてくださいと声を嗄らして言上《ごんじょう》しようとした矢先、

「芝居がかりおって」

落合に鼻で笑われ、冷水を浴びせられた思いで唇を嚙みしめた。

悔しさで涙が滲んだ。

「おのれ、落合丹波め」

思わず水溜まりに拳《こぶし》を叩きつけると泥水が跳ね上がり顔面に跳ねかかった。

芝居がかった行いを落合に見透かされてしまった。誠意を尽くすつもりが、浅知恵に逃げてしまった己を恥じた。

星野の必死な顔、民と言葉を交わす元昌の姿が脳裏に蘇る。

明日から心新たに誠心誠意、朝と夕、評定所への出仕前と後に直訴を行おうと平九郎は心に深く誓った。

落合屋敷の門前で平伏していると夕風に初秋の訪れを感じた。今日は葉月の九日、

落合屋敷を訪ねるようになり十三日が過ぎている。襟足を涼風に撫でられながら落合への面談を念じていると門が開かれた。

さては会ってくださるのかと胸躍らせて顔を上げると駕籠が着けられた。螺鈿細工《らでんざいく》の豪華な駕籠は相当な身分の者が乗っていることを示している。前後を十人ばかりの侍が警固していた。

開門は平九郎にではなく来客のためであった。落ち着いてみれば、たとえ屋敷の中に入ることを許されても、表門ではなく脇にある潜《くぐ》り戸から身を入れなければならないのが平九郎の立場である。

駕籠は平九郎の前で止まった。引き戸が開き、

「清正、こんなところで何をしておる」

駕籠の主は盛清だった。

「大殿……」

啞然と呟いた平九郎に、

「一緒に参れ」

盛清は引き戸を閉めた。

書斎で平九郎は盛清と共に落合に会った。

「勘太郎、しばらくじゃ。達者のようじゃと言いたいが、随分と歳を取ったのう」

盛清らしいあけすけな挨拶をした。落合は渋い顔で、

「陣三郎は達者そうじゃな。肌艶もよい。お気楽なご隠居暮らしを送っておるだけあるな」

皮肉まじりに返した。

盛清は表情を引き締め、

「大槻左兵衛介の倅《せがれ》、押し込めに遭った。悪家老どもの奸計《かんけい》じゃ」

と、星野格之進の訴えを持ち出した。

途端に落合はそっぽを向いた。

盛清は構わず続ける。

「老いぼれの花道を飾ってはどうなのじゃ」

落合は嫌な顔を盛清に向け、

「陣三郎、碁に凝っておるそうじゃな」

と、話題を変えた。

「それがどうした」

盛清は訝《いぶか》しむ。

「わしに勝ったら、星野の訴状を聞き届けようではないか。おまえが負けたら二度とその話はするな。あの目障りな男を門前に来させるな」

不敵な笑いを浮かべ落合は盛清の背後に控える平九郎を見た。落合の碁の腕は、玄人《くろうと》はだしと評判だ。

「よかろう」

盛清は受けて立った。

この瞬間、平九郎は希望の糸がぷっつり切れる音が聞こえた。

盛清が黒石、落合は白石で対局が開始された。

果たして、平九郎の予想通り落合優勢の局面が展開された。盛清は眉間に皺を寄せ、盤面を凝視しているが、自分でも不利なことは自覚しているらしく呻《うめ》き声が漏れる。対して、落合は悠然《ゆうぜん》と笑みすら浮かべていた。

星野に顔向けができない。

盛清に逆転を願ったが、そう都合よくはいかないだろう。

平九郎も盛清も諦めかけた時、

「まいった！」

落合は頭を下げた。

「な、なんじゃ」

盛清は困惑し落合を見返した。

「わしの負けじゃと申しておるのじゃ」

にっこり微笑んで落合は言った。

「馬鹿を申せ。素人《しろうと》が見てもおまえが優勢なのは明らか。のう、清正」

盛清に語りかけられ、

「そ、そうですな……」

平九郎が曖昧に口ごもると、やおら、落合は碁盤を持ち上げ、くるりと回して畳に置いた。

「見よ、白石が優勢ではないか」

落合は黒石を手にした。

「ふん、芝居がかりおって」

盛清は苦笑したが、落合に感謝の言葉を贈った。

訴えを聞き入れてくれるのだ。

「うむ、頼む」

盛清は軽く頭を下げた。

「ありがとうございます」

平九郎は訴えを聞き届けてくれたことと落合の粋《いき》なはからいに心から感謝した。

「では、星野殿に改めて訴状を書いてもらい、持参致します」

平九郎が言うと、

「その必要はない」

ぴしゃりと落合は断った。

「ですが、訴状がないことには……」

平九郎が戸惑うと、

「訴状は持っておる」

落合は懐中から書状を取り出した。赤黒く染まる書状は星野の訴状に違いない。

「そ、それは……」

平九郎の脳裏に火鉢で燃え上がる訴状が蘇った。

「燃やしたのは書き損じたわしの文じゃ」

落合は声を上げて笑った。

顔中に刻まれた皺の数が落合の老練さを物語っているようで、平九郎の目には頼もしく映った。

二

葉月十日の昼下がり、愛宕下通りにある厚木藩水瀬家上屋敷、御殿の一室で園田右京と村上掃部輔が面談に及んでいた。園田は星野格之進が大内家上屋敷に匿われているのを突き止めた。

星野が藩邸を出るのを見計らって討ち取るよう水瀬家の家臣に命じたが、大内家の家臣に阻まれてしまった。

その後も星野をつけ狙わせたものの、評定所から御家騒動の疑いがあるとして呼び出しを受けたのである。

「星野め、大内家の藩邸に逃げ込みおったとはな。追従者め、忠義面をして評定所なんぞに……忌々《いまいま》しい奴と思っておったが、どこまでも我らの邪魔立てをしおる」

梅干しを口に入れたような渋い顔となり村上は星野格之進を罵った。

「天堂奉天にそそのかされたようです」

園田が報告すると、

「あの男か……して、天堂は今も藩邸におるのか」

村上は更に顔を歪めた。

「藩邸にはおりません。江戸市中に潜《ひそ》み、星野の訴えの行方を見守っておることでしょう。天堂の動きを見落としたことは迂闊《うかつ》でございました」

頭《こうべ》を垂《た》れ詫びたが、園田に危機感はない。下げた頭をさっと上げ、

「ですが御家老、星野が評定所に訴えたとて何ほどのことがございましょう」

「問題ないと申すか」

「はい」

園田は静かにうなずく。それが自信を窺わせる。

村上は多少の落ち着きを取り戻したものの、不安は去らないようで視点が定まらない。

「評定一座の方々、みな御老中栗原佐渡守さまに逆らうようなことはせぬと存じます。ただ一人を除いては」

園田の勿体《もったい》をつけた物言いに村上は苛立《いらだ》ちを隠そうとせず、

「一人とは落合丹波守か」

と、声を大きくした。
「いかにも。しかしながら、落合、十九年の長きに亘《わた》り評定一座に加わっております
が最早過去の人と噂されております」
「老いたりとは申せ、落合丹波守じゃ、侮《あなど》ることはできまいぞ。それにじゃ、星野の
訴えが評定所に聞き届けられたら、当家に御家騒動が起きたと受け取られたというこ
とになる。さすれば我らにも厳しい処罰があろう」
不安を捨てきれない村上に対し、
「それこそが、もっけの幸いと申すものでございます」
涼しい顔で園田は返した。
「どういうことじゃ」
「評定の場で吟味されることで、我らの目論見《もくろみ》は確かなものとなるのでございます」
園田は考えを述べ立てた。
そもそも、元昌を隠居に追い込んだのは自分たちが政の実権を握るためだ。ついて
は、老中栗原佐渡守に後ろ盾になってもらうべく、甥の直参旗本綾野誠之助を藩主に
迎える手筈も整っている。
栗原は幕閣内で湧き起こるであろう批判、すなわち、自分の甥を水瀬家に送り込む

ことの批難の声を封じるべく、水瀬家には五万三千石の内、一万石を幕府に献上させる。栗原は一万石分の天領を増やした功によって、甥を藩主にしたことを正当化し、幕閣内で更なる勢力を築く。

「なるほど、そう言われてみれば確かにそなたの考え通り。しかし、評定一座の吟味にかかれば、殿の身はどうなる。果たして隠居で済むものか。殿ばかりではないぞ。我らとて無事では済むまい」

　新たに生じた不安に村上はさいなまれた。

「殿は切腹、我らは御家の忠臣と称えられましょう」

「殿は切腹か」

　村上の口からため息が漏れた。不安が罪悪感に転じたようだ。

「どうなされましたか。殿が切腹に追い込まれること、躊躇っておられるのですか。御家老は殿が城主になられて以来、殿に遺恨を持っておられたではございませぬか」

「それはそうじゃが、切腹となると寝覚めが悪い」

　懐紙《かいし》で村上は額に滲んだ汗を拭った。

「ならば、ご自分が追い込まれてもよろしいのですか」

「わしが切腹させられると申すか」

「事が成就する前から甘い考えを抱かれてはならぬと申し上げたいのです」

園田に言われ、

「わかっておる」

自分自身に言い聞かせるように村上は呟いた。

三

一方、平九郎は藩邸の書院で星野に落合保明が訴えを聞き届け、水瀬家の御家騒動を評定一座にて吟味することを報告していた。

星野は傷が癒えて顔色が良くなり、目は爛々《らんらん》と輝いている。

「かたじけない」

星野は満面に笑みを広げた。

「礼は評定所にて裁許が下ってからにしてください」

「そうですな」

晴れやかな顔で星野はうなずく。

落合が訴えを取り上げてくれたのは一歩前進である。

だが壁は厚い。

老中栗原佐渡守貞通、下野国鹿沼《しもつけのくにかぬま》藩六万二千石の藩主が立ちはだかるであろう。

栗原家は水瀬家と同様に三河以来の譜代だ。歴代藩主は幕閣入りした者が何人もいる。栗原自身は十六歳で家督を相続、二十歳で奏者番となり、二十五歳で寺社奉行に昇進、以後、大坂城代、京都所司代を務め上げ、四十一歳で老中となった。

四十五歳の現在、幕閣の中心になりつつあり、近い将来老中首座となるであろうことは衆目の一致するところだ。現に今年から幕府財政を司る勝手掛老中となり、既に幕政の実権を掌中にしていた。

大奥にも抜かりなく手を打っており、権力基盤は堅固だ。

その栗原佐渡守との対決となるのだ。

落合が往年の才覚を発揮してくれるよう、自分が確かな調べものをせねばならない。

それには厚木領内を調べに行かねばならない。

その日、落合保明は登城した。

老中用部屋へと出向く。よろけながらも足取りは重くはない。むしろ近来《きんらい》にない軽やかさである。

用部屋に入り、栗原に挨拶をした。栗原はうなずき、控えの間にて話そうと落合に告げた。

控えの間で向かい合う。

「丹波、しばらくじゃな。近頃、顔を見なかったので、心配しておったぞ」

「畏《おそ》れ入りましてございます」

「思ったよりも達者そうで何より」

栗原は落合の健康を祝してから用向きを問いかけた。

「訴状でござります」

落合は懐中から血染めの訴状を差し出した。栗原の目が鋭く凝らされた。無言で受け取り中身に目を通す。何を考えているのか表情には一切表れない。

「評定一座にて吟味を致したいと存じます」

落合は言った。

「委細《いさい》、承知した」

あっさりと栗原は受け入れた。

ほっとしたところで、

「さて、丹波」

栗原は厚木藩水瀬家の御家騒動、どのような裁許が下るか意見を問うてきた。

「それは、評定が行われてみませぬことには……」

落合はぼそぼそと返した。

「であろうが、そなたの見通しを尋ねておるのじゃ。水瀬家、今更申すまでもなく三河以来の譜代名門、わが栗原家もそうじゃが、東照大権現《とうしょうだいごんげん》さまの手足となって戦場を駆け巡った家じゃ。よもや、吟味に落ち度があっては大権現さまに対して申し訳が立たない」

わかるなというような目を栗原はした。

「仰せの通りでございます」

間延びのした声で落合は答える。

栗原は自分の意図が伝わっていないと思ったのか少しの間を取ってから、

「落とし所をいかに考えるのか、尋ねておる」

「さて、吟味が始まる前とあって判断できませぬな」

「その通りであるが、水瀬家をいかに処置するか、裁許を誤ってはならぬ。訴状によれば、家老をはじめとした老臣どもの非を弾劾《だんがい》しておるが、訴状をそのまま受け入れるとしたら、水瀬家への裁許は重きものとなろう」

「仰せの如く」

「家老以下は切腹、藩主駿河守殿にも罪を負わせねばならない。水瀬家も無事では済まぬ。よくて転封《てんぽう》、悪くすればお取り潰しじゃ。それは避けねばならぬ。そうであろう」

「仰せの如く」

掠《かす》れ声で落合は繰り返す。

軽くうなずき栗原は、

「水瀬家を改易《かいえき》することはならぬ。かと申して御家騒動という御公儀を煩わせたことを見過ごしにはできぬ。よってわしが思うに、駿河守殿は隠居、しかるべく他家から養子を迎え水瀬家は存続させる。そして、五万三千石の内、一万石を御公儀に献上する、ということではどうじゃな」

「それは、吟味をしてみないことにはなんとも申せませぬ」

変わらぬのんびりとした口調で落合は同様の主張を繰り返すばかりだ。

「御家騒動のような大事、吟味には落とし所があってしかるべきであろう」

栗原は語調を強くした。

落合は首を捻っていたが、

「拙者、これまでに数えきれぬ吟味を行ってまいりましたが、ひとつとして裁許ありきの吟味はございません」

真っ白い眉の下にある双眸《そうぼう》が光り、目元に刻まれた無数の皺が微妙に動いた。

「丹波……」

栗原は口を曲げた。

「では、これにて失礼致します」

落合は栗原の手にある訴状をさっと取り、「よっこらしょ」と腰を上げた。栗原は苦々しい顔で落合を見送った。


その日の夕刻、平九郎は落合屋敷の奥書院で落合の引見《いんけん》を受けた。

「星野格之進の訴状を評定所にて吟味すること、御老中栗原佐渡守さまの承諾を得たぞ」

落合は告げた。

「さすがは落合さまでござります」

落合なら栗原相手であろうが通してくれると信じていたが、ほっとした。

「世辞《せじ》はよい」

右手をひらひらと振り、落合は栗原から落とし所を示唆《しさ》されたことを語った。

「お話を聞き、栗原さまが水瀬家の家老たちと通じておることを確信しました。これで、敵の意図はわかりましたから、却《かえ》って戦いやすいと存じます」

意気込む平九郎に、

「待て、敵とは誰じゃ」

落合は遮った。

「ですから、水瀬家の家老たちと御老中栗原佐渡守さま……」

「評定における吟味にはな、敵も味方もない。評定一座は訴えの当事者、双方いずれの立場に立ってもならぬ」

頑固さゆえか評定一座を担ってきた矜持《きょうじ》なのか、落合はてらいもなく正論を述べ立てた。威厳《いげん》に圧倒され平九郎は一礼して、

「承知致しました」

「必ずしもそなたが望む裁許が出ぬやもしれぬこと覚悟しておけ」

念押しするように落合は言い添えた。

「わたしは厚木領内に赴き、駿河守さまの政の実情を調べます」

「よかろう。わしが書付を渡す。そなたがわしの代理であるとしたためるぞ」

落合はくれぐれも偏《かたよ》った目で見てはならないと釘を刺した。落合保明、生き生きとしてきた。皺まみれの顔ながら肌艶がよくなっている。何よりも目が美しい。死んだ魚のような目ではない。眼光は鋭く、瞳は澄み渡っていた。

頼りがいがあるが、落合は味方ではない。

あくまで評定所一座の一人、吟味を行う者だと強く自分に言い聞かせる。

「次の式日《しきじつ》は今月の二十一日じゃな」

天井を見上げ落合は言った。

式日は毎月二日、十一日、二十一日と決まっており、評定一座に加えて老中が出席するのだが、慣例として老中出座は二日の日だけとなっている。しかし、今回、栗原は出席をするかもしれない。いや、きっとするだろうと平九郎は思った。落合も同じ考えのようで、

「よし、二十一日に吟味を行うぞ。準備を整えよ」

と、決然と平九郎に下知した。

四

その頃、園田右京は外桜田にある栗原佐渡守貞通の上屋敷に赴いた。

御殿、奥の書院にて栗原と対面した。

「御老中、お気遣いありがとうございます」

「駿河守殿はいかがされておる。大人しくしておられるか」

「押し込めは御自分の定めと受け入れられたのか静かにお過ごしでございます。それゆえ、我らも胸が痛んでおります。もっとも、隠居はせぬと仰せでございますが……」

困り顔で園田は答えた。

「押し込めをしたのは御家のためであるぞ」

栗原の言葉に平伏してから、

「殿も評定に呼ばれるのでしょうか」

園田は問いかけた。

「それはあるまい。慣例では藩主が呼ばれることはない」

明確な栗原の言葉に園田は胸を撫で下ろした。

「殿は弁《べん》が立つお方です。評定の場に呼ばれたなら、ここぞとばかりに己が身の潔白を言い立て、押し込めを謀反と論ずるに違いございません」

「たとえそのようなことになったところで、心配はいらぬ。評定一座が駿河守殿の勝手な発言を許すことはない」

「星野の訴状、評定所にてお取り上げになって頂き、かえって好都合と存じます」

「いかにもそちの申す通りじゃ。これで我らの思惑通りに吟味が進めばよし」

「進むに相違ありません」

「ひとつ、気がかりなことがある」

栗原は小さくため息を吐《つ》いた。小さなため息であっても、老中が発したものであれば園田の胸はざわめいた。

「お聞かせください」

「丹波よ」

「落合丹波守さまでございますか」

「いかにも。あの老いぼれ、妙な意地を張るやもしれぬ」

栗原は落合が血染めの訴状を持参し、水瀬家の御家騒動を評定一座にて吟味をしたいと願い出てきたことを語り、栗原が落とし所を示唆したにもかかわらず、落合は受け入れなかったことを忌々し気に述べ立てた。

「二十年近く評定一座を担ってきた矜持でござりましょうか」

「意地を張っておるだけじゃ。あ奴がいくら楯突こうが毛ほどのこともない。ただ、吟味は美しくなければならぬ」

栗原の目は遠くを見るようになった。

自分の思い描いた筋書通りに事を運びたいのだろう。

「そなたは水瀬家中の動揺を抑えよ。水瀬家中が浮き足立っては吟味にも影響するからな」

「御意《ぎょい》にござります」

園田は眦《まなじり》を決した。


夜半に至り、園田は藩邸に戻ってから、国家老村上掃部輔、江戸家老笹野玄蕃と江戸家老用部屋で談合に及んだ。

「評定一座にて当家のこと、吟味がなされる由《よし》でござります」

栗原との面談を園田は語った。

蠟燭《ろうそく》の明かりに強張《こわば》った村上と笹野の顔が揺らめく。二人とも落ち着かない素振りを見せ、畳に映る二つの影が蠢《うごめ》いた。

「うろたえめさるな。これも想定の内ではござりませんか」

「そうじゃな」

村上は笹野とうなずき合った。畳に落とされた二つの影も静止した。

「殿が評定の場に呼び出されることはござりませぬが、御家老方やそれがしは吟味されると存じます。ついては……」

園田は持参した風呂敷包を広げた。

嘆願書の山が出てきた。

「領民どもの嘆願書でござる」

園田が厚木藩領内の庄屋より提出させた嘆願書の束だ。いずれも、元昌による圧政に苦しみ、ご政道を改めて欲しいと訴えていた。

「それと」

帳面をずらりと積み上げた。過去五年に亘る水瀬家の出納《すいとう》帳である。所々、付箋《ふせん》が貼ってあり、元昌が出費したという遊興費が記してある。

つまり、元昌失政を証拠立てる資料である。

「吟味が始まれば領内より数名の庄屋を藩邸に呼び寄せる手筈となっております」

「園田に抜かりはないな」

村上の賛辞に乗ることはなく、

「十分なる備えをして吟味に臨まねばなりませぬ。それがし、郡方及び勘定方の役人どもと、これらの書状、出納帳を用意致しました」

訴状は庄屋たちに書かせたものだが、郡方の役人たちと口裏を合わせ、年貢取り立ての厳しさから百姓たちの暮らしが逼迫《ひっぱく》していることを取り繕った。

出納帳には、江戸の藩邸や厚木城で催された宴、正室や女中たちの墓参に要した費用を水増しし、いくつかを元昌の遊興費として計上しておき、偽造した箇所には付箋を貼り付けた。栗原は老いぼれと断じたが長年に亘り評定一座を務める落合丹波守は名奉行と評判を取った男、油断はできない。

万事栗原に任せていればいいというものではない。

村上と笹野は栗原が肩入れすることで事は成就したと思っているが、そんな甘いことで乗りきれるとは思えない。

すると、村上が思い出したように、

「そうじゃ……星野を助けた武士、横手藩大内家の留守居役椿平九郎とわかったぞ」

「椿平九郎……」

記憶の糸を手繰《たぐ》るように園田は目をしばたたいた。

「虎退治の椿平九郎であろう」

笹野が言った。

「そうじゃ、虎退治の椿平九郎じゃ。どうりで腕が立つはずじゃ」

村上が応じると、

「こたびの評定に大内家が介入《かいにゅう》するということでしょうかな」

案じながら園田は言った。

「それはあるまい。当家の押し込め騒動と大内家は、なんら関係はないからのう」

村上の考えに笹野も賛同した。

「それは、そうでしょうが……いずれにしても星野が横手藩邸に匿われたままでは災いの種となるかもしれませぬ」

楽観視する村上と笹野も心配顔になってきた。

「拙者が横手藩邸に引き渡しを求めにまいります」

園田が言うと笹野が危惧の念を示した。

「大内家、果たして星野の引き渡しに応じるかのう」

この時代、多人数に襲撃された武士が武家屋敷に逃げ込むことが許された。逃げ込まれた屋敷は武士を匿うのが武士道の倣いとされている。

「武士道の倣いとして引き渡しに応じなくとも、大内家の動きを確かめることにもなります」

園田が言うと村上も笹野も異論を唱えなかった。

「では、酒宴とするか」

村上が言うと笹野もうれしそうに頬を綻《ほころ》ばせた。村上から誘いの目を向けられ、

「それがしは吟味に備えた準備がございますゆえ」

園田は断った。

村上は肩をそびやかしたが、それ以上誘うことはなかった。

園田は広げた風呂敷を結び直し持ち上げると座敷を出た。廊下を伝い留守居役用部屋へと入った。風呂敷包を再び広げ、文机に出納帳を積み上げた。

行灯を引き寄せてもう一度五年前に遡《さかのぼ》って付箋部分を吟味する。数字に不備はないか、矛盾はないか、出金と入金の帳尻は合っているか。

五年前、四年前、三年前まで見終わったところで、家臣が来客を告げてきた。評定所留役頭《とめやくがしら》畑野志摩太郎《はたのしまたろう》だ。評定所留役は評定所で吟味、裁許される案件を記録する

ばかりか、下調べ、吟味の実務を担う能吏《のうり》であった。評定一座は留役の調べを元に吟味を行い、留役が示す過去の判例に照らして裁許する。評定所の実務を担う重要な役職であった。

「こちらにお通しせよ」

声を落ち着かせた。

畑野が来るまでの間、寸暇《すんか》を惜しむように園田は出納帳に目を通した。

やがて、

「畑野でござる」

低くくぐもった声が聞こえた。

「お入りくだされ」

園田は出納帳を文机にきちんと積み上げ振り返った。

畑野が入って来た。

羽織、袴に身を包み、いかにも能吏といった生真面目さに加え、陰気な雰囲気の中年男である。

「わざわざのお越し、痛み入ります」

丁寧に挨拶をした。

「なんの、構いませぬ」

畑野は持参した風呂敷包を園田の前に置き、

「落合丹波守さまが評定一座に加わってから吟味を行った記録、持ってまいりました」

「かたじけない」

両手を膝に置き、園田は頭を下げた。

ゆっくりと時をかけて目を通したいが、それでは畑野に迷惑がかかる。今夜中に持って帰ってもらわねばならない。

「勝手ながら、別室にて弁当を用意しました。目を通しておる間、召し上がってくだされ」

「かえって、恐縮でござる」

一礼すると畑野は書院から出て行った。

弁当は留守居役の会合で使っている日本橋の料理屋百膳《ひゃくぜん》から取り寄せた。評定所留役頭といっても身分は将軍に御目見えできぬ御家人の身分とあらば、口にできない御馳走である。酒も上方からの下《くだ》り酒を添えている。帰りには心付けも渡すつもりだ。畑野が不満を感ずることはあるまい。

園田は早速、吟味の記録に目を通した。

見事な吟味ぶりである。

改めて落合保明、侮れぬと実感した。気持ちを引き締め、記録を風呂敷に包み直して手に提げると控えの間に向かった。

部屋に入ると、行灯の灯りに浮かぶ畑野の顔はほんのりと赤らんでいる。表情も柔らかで、いい気分に酔っているようだ。

「かたじけのうござった」

風呂敷包を畑野の前に置いた。

「拙者こそ、過分なおもてなしを頂き、感謝申し上げます」

畑野は満足の様子だ。

「落合丹波守さま、伊達《だて》に二十年近くも評定一座を担ってはおられませぬな。大した名奉行でいらっしゃいます」

園田の称賛に畑野は首を傾《かし》げた。

「確かに、勘定奉行、町奉行の時は名奉行でしたな」

落合は過去の人だと言いたいようだ。酔いが回ったせいか畑野は饒舌《じょうぜつ》になった。

「拙者、評定所留役頭としまして、落合さまの間近に接しておりますが、つくづくお歳を召されたと思っております。評定も休みがちですし、耳も遠くなっておられるようで、こう申してはなんですが我ら留役の気苦労が大変でございます」

「ほほう」

畑野は落合に悪意を抱いているのだろうか。

「大体、評定所における吟味とは、我ら留役が行うのが実情でございます。落合さまは町奉行の時の評判が殊《こと》の外《ほか》によろしく、その評判ゆえに評定所での吟味も高い評価を得ておるのでございます」

要するに落合の評判を支えているのは自分たち留役だと言いたいようだ。

「畑野殿、腹を割ってくだされ。こたびの水瀬家の騒動、どのような裁許が下されるのでしょうな」

畑野は思案するようにしばらく口を閉ざしていたが、

「まずは御老中栗原佐渡守さまのご意向に沿った裁許となると存じます」

落合一人がどのように抗おうと影響はないと言いたいようだ。

「承知致しました」

ほっと安堵《あんど》したが、油断はならない。評定所に呼び出され、落合から思いもかけないことを問われて村上がうろたえてしまっては上手《じょうず》の手から水が漏れる。

「落合さま、老いても吟味の場ではしっかりとした問いかけをなさり、我らの弱みを見逃されぬのではござらんか」

「それはありませんな」

自信たっぷりに畑野は否定した。

「何故でござる」

「評定所における吟味は先ほども申しましたように我ら留役が行います。落合さまに限らず、一座のお歴々が出席なさるのは初回の吟味と裁許を申し渡す日のみでございます。実際の審理、糾問《きゅうもん》は我ら留役が行います」

畑野が心持ち誇らしげとなったのは留役頭の威厳を示しているようだ。

「それは頼もしき限り」

おだてるように園田は一礼した。気を好《よ》くしたようで畑野は笑みを広げ、

「お任せくだされ。心配ご無用でござるぞ」

酔いが回っての大言壮語《たいげんそうご》ではないのかもしれないが、畑野の言うことを鵜呑《うの》みにはできない。吟味の実務を担うとしても所詮《しょせん》は役人、裁許を下すのは評定一座、すなわち落合丹波守なのだ。村上や笹野ならば、畑野の言葉だけで事は成就したも同然だと

喜ぶであろうが……。

畑野という男、小役人であるだけに上の顔色を見て仕事をするに違いない。栗原の意向通りに吟味を進めるだろう。しかし、こういう小役人というものは旗色によって簡単に靡《なび》く。栗原の旗色が悪くなるとしたら元凶は落合保明であろう。

最早過去の遺物の如く畑野は落合を侮っているが、星野の訴状を聞き届け、評定一座にて吟味を行おうとしているのは落合である。衰えたとはいえ、落合を軽視しては足下をすくわれかねない。あくまで慎重に事を運ばねばならないと園田は自分に言い聞かせた。

すると、畑野が首を傾げた。

畑野の異変が気になった。

「いかがされましたか」

園田が問いかけると畑野は杯を膳に置き、

「落合さまが今回の一件を評定にかけようとなさったのが腑《ふ》に落ちぬのです。先ほども申しましたが、落合さまはまるでやる気がなく昼行灯のようでした。しかもです

……」

ここで思わせぶりに畑野は言葉を区切った。

園田は畑野の言葉を待った。

「しかも、落合さまは栗原さまの推挙《すいきょ》で千石の加増が内定されていたのです」

あくまで噂ですが、と畑野は強調した。

「ならば、加増を無にしてまで、当家の押し込めを御家騒動として取り上げたのですな」

確かに疑問が生じた。

畑野は盛んに首を捻り、

「往年の名奉行の血が騒いだのでしょうか。失礼な言い方ですが、死に花を咲かせたい、と思ったのでしょうか。戦国の世の武将が戦場で討ち死にを遂げたい、と願うようにに」

「評定の場で死にたい、と」

園田は苦笑した。

五

明くる日、平九郎は藩邸に水瀬家留守居役園田右京の訪問を受けた。

客間で平九郎は面談に及んだ。

星野から園田の履歴は聞いている。平士の身から昇進した切れ者だという。裃《かみしも》姿の園田は寸分の隙もない、毅然《きぜん》とした佇まいである。

園田は突然の訪問を詫びてから、

「当家の星野格之進を匿っておられる、と存ずるが、速《すみ》やかに引き渡して頂きたい」

単刀直入に園田は申し入れた。

「武士道の倣い、それはできませぬ」

きっぱりと平九郎は断った。

「椿殿の申されること、よくわかります。いかにも当家の者が多人数にて星野を襲撃致しました。それを大内家が匿うのは武士道の常道です。ですが、敢《あ》えて引き渡しを願いたい。そうでないと、大内家にも災いの火の粉が降りかかります」

園田は目を凝らした。

「当家に対し水瀬家がなんらかの手段に訴えられるのですか。たとえば、公儀に訴えるとか」

平九郎は園田から視線を外《はず》すことなく問い直した。

「先だって当家は藩主駿河守元昌さまの不行状を見かね、重役陣が押し込めを計り、ご隠居を願いました。家督は旗本綾野家からご次男、誠之助さまをお迎えすることで公儀の了承も頂いております。ところが、星野格之進はこれを良しとせず、重役陣による御家乗っ取りだという諫言《かんげん》を発《はっ》し、屋敷を出奔《しゅっぽん》、評定一座の大目付落合丹波守さまに訴えました。落合さまはこれをお取り上げになり、評定所で吟味をされる運びです。従いまして、星野を匿い続けることは、当家の御家騒動評定に関わることにもなりかねませぬ。無用の評定には関わらぬがよろしかろう」

淡々と園田は述べ立てた。

「それを聞けば、益々、星野殿は当屋敷にて逗留されるのがよろしかろうと存じますな」

わざと笑みを浮かべ平九郎は返した。

「評定に関わるおつもりですか」

園田の目は険《けん》に彩られ、言葉は詰問口調となった。

「少なくとも、評定は公平に行われるべきもの。それが歪められると懸念されたならそれを見過ごしにはできませぬ」

毅然と平九郎は返した。

「当家に星野を引き渡しては公平な評定が行われない、と申されるか。それは当家が星野の命を奪う、と」

園田の口調は厳しくなった。

「星野殿が殺されなかったとしても、急な病、雷に打たれたり、風呂で昏倒《こんとう》して……等々、急死するかもしれませぬ。そうした場合でもわたしは疑い深いので水瀬家の関与を勘繰りますぞ」

平九郎の考えに園田は苦々しそうに唇を嚙んだ。

「大内家が星野に肩入れなさるのは御屋敷に匿ったからですか。武士道の倣いに従って、というわけですな」

園田は問いかけた。

「いかにも」

短く平九郎は答えた。

園田はしばし沈黙の後、小さく息を吐いた。

「評定が終わりましたら、お引き渡し致します」

それが結論だとばかりに平九郎は一礼をした。

「後悔なさらぬとよいのですがな」

園田は捨て台詞《ぜりふ》を残して立ち上がった。

園田が帰ってから星野と面談に及んだ。

園田とのやり取りを語ってから、

「もちろん、園田殿には星野殿の引き渡しは断りました」

平九郎は告げた。

「かたじけない」

星野は言った。

「園田殿は当家が敵対するものと、お考えになったでしょう」

「ご迷惑をおかけしております」

星野は恐縮した。

「それは言いっこなしですぞ。当家が星野殿にお味方する、と決めたのですから」

改めて平九郎は言った。

星野は眦を決した。

六

葉月二十一日、評定を迎えた。

評定所一座が顔を揃えた。隅で畑野は文机を並べている。落合をはじめ評定一座が居並ぶ。少し間を空《あ》けて勘定奉行、寺社奉行の二人が並ぶ、座敷の右手には南北町奉行が、左手には大目付と目付が座した。

秋が到来したと思われたのに今日は暑さがぶりかえしている。風はそよとも吹かず、忙しく扇子《せんす》を使う評定一座の面々は迷惑顔を隠そうともしない。落合は背中を丸め、口を半開きにして焦点の定まらない目で座していた。しなびた茄子のような落合に名奉行の面影はない。

鰯雲《いわしぐも》が広がる青空から降り注ぐ陽光が御白洲《おしらす》を照り返し、陽炎《かげろう》が立ち上っていた。

一座の前には煙草盆が置かれているものの誰も吸う者はない。すると、落合が煙草を喫し始めた。非難の目を向ける者もいたが、言葉には出さない。

予想通り、慣例を破って栗原佐渡守が出席するそうだ。一座は老中栗原佐渡守が現れるのを待ち構えていた。老中たる栗原が吟味に加わることはないが、一座には老中出座の緊張が走っている。自《おの》ずと栗原を意識した吟味が行われよう。

扇子を使うぱたぱたとした音の他、私語を交わす者はなく、暑気を孕《はら》んだ重苦しい空気が漂っていた。そこへぱんという鋭い音が響いた。

一人煙草を吸っていた落合が煙管《キセル》を煙草盆に打ち付けたのだった。

畑野が苦笑を漏らした。

落合が大きなあくびを漏らしたところで、

「御老中栗原佐渡守さま、いらっしゃいました」

お城坊主が告げた。

落合を除く評定一座が居住まいを正した。

程なくして栗原が入って来た。

一同、一斉に両手をついた。栗原はゆったりとした所作で上座に座った。

「秋じゃというに暑いのう」

栗原の第一声に、「まったく暑うござります」と、いかにも迷惑だと言わんばかりに追従を述べる者が続いた。落合のみはそっぽを向いている。

栗原は鷹揚《おうよう》に評定一座を見回した。

果たして吟味を主導するかのように口を開く。

「さて、本日は厚木藩水瀬家家中、側用人星野格之進の訴えにつき吟味を行う。家老村上掃部輔らによる藩主水瀬駿河守押し込めは村上掃部輔らによる御家乗っ取りであり、駿河守にはなんら落ち度はなかった、よって押し込めは不当という訴えである」

明瞭《めいりょう》極まる栗原の声が座敷の隅々にまで響き渡る。みな、正面を見据えたまま口を開こうという者はいない。栗原はお城坊主に命じて星野を呼びに行かせた。

星野は御白洲に敷かれた筵《むしろ》の上に正座をした。

初秋とは思えない強い日差しに焦がされながらもきっと正面を見据え、星野は面差しに強い決意をたたえている。

栗原が、

「落合」

と、呼ばわった。

落合は返事をしない。

「落合丹波守」

もう一度栗原が呼びかけると落合は大きくあくびをした。一座から失笑が漏れる。

顔をしかめた栗原が、「服部《はっとり》」と落合の隣に座る寺社奉行服部伊賀守《いがのかみ》に呼びかけた。

服部は軽蔑《けいべつ》の眼差しを落合に向け小さく肩をそびやかすと、

「水瀬家家中、星野格之進であるな」

と、凛《りん》とした声を放つ。

星野は服部を見返して、

「水瀬家家中星野格之進でございます」

服部はうなずくと、星野の訴状を読み上げた。

「以上、相違ないか」

鋭い口調の服部の問いかけに、

「相違ございません」

明瞭な声音で星野は答えた。

畑野が服部と星野のやり取りを書き記す。落合を窺うと正座しているものの、両目を瞑《つむ》り、起きているのか居眠りをしているのかわからない。

「控えておれ」

服部に言われ星野は立ち上がり、御白洲の隅に移った。

続いて村上掃部輔と笹野玄蕃が呼ばれた。

二人は御白洲の筵ではなく濡れ縁に席を用意された。

服部がまずは二人にも素性を確かめた。二人とも素直に応じた。続いて、村上より提出された藩主駿河守を押し込めに至る経緯を記した文書を服部は読む。藩主水瀬駿河守元昌の失政によって領民が苦しんでいることに加え、放蕩を尽くして藩政を顧《かえり》みないため、やむなく押し込めに至ったことを服部は読了《どくりよう》した。

「以上、相違ないか」

まずは村上に問いかけた。

「相違ございません」

笹野もおなじく相違ないと答えた。

続いて服部が、

「城主押し込めとは容易ならざる事態であるが、その方ら、御家と領民どものため、やむにやまれずに行ったのであるな」

「仰せの通りにございます」

村上が声を励ました。

服部はここで栗原に向き、

「先頃、御老中栗原佐渡守さまに駕籠訴に及んだ領民どもも水瀬家領内の百姓でありました」

「いかにもそうであったな」

栗原はうなずく。

服部が、

「領民どもの訴えを照らし合わせて鑑《かんが》みるに、村上、笹野が申した駿河守の失政は明らかと存じます」

と、評定一座を見回した。

落合を除く評定一座はみな首肯した。

「他に申すことはあるか」

服部が問いかけると、

「畏れながら、領民どもの不満並びに駿河守さまの放蕩を詳《つまび》らかに語る文書がございます」

村上が答えた。

「よかろう、差し出すことを許す」

服部に許可をもらい、持参した風呂敷包を笹野が持ち上げ評定一座に示した。

服部が畑野を見る。

畑野は膝を進め、風呂敷包を受け取った。ずしりと重く、両の腕に力を入れなければならなかった。用意周到なる資料が用意されていることを示している。この資料は畑野が吟味することとなった。

村上と笹野は平伏した。

「下がってよい」

服部に言われ、村上と笹野は辞を低くして評定の場を去って行った。

「本日の吟味は以上である」

声高らかに服部が締め括《くく》った。

栗原が、

「どうであろう。本来ならばこの後、吟味を尽くし、しかるべく裁許を下すのであるが、わしが聞いたところ今回の一件は実に明白である。いたずらに吟味を続け、日数を重ねることもないと思うが」

と、一同に告げた。

「まこと、御老中が申される通りでござりますな」

服部が賛同し、続いて評定一座の間からも異議を唱える声は上がらない。栗原がうなずき、

「ならば、本日に裁許を下すと致すか」

ここで星野が、

「畏れ入りますが」

と、御白州の隅から声を上げた。

すかさず畑野が、

「これ」

と、星野の発言を封じた。しかし、星野は無視して、

「吟味はじめの日に裁許が下されることなど前例がございません。加えまして、佐渡守様に駕籠訴に及んだ領民ども、死亡しましたが、領民どもの訴状の吟味は残ってございます」

臆《おく》することなく言い立てた。

訴人《そにん》が老中に抗ったことに評定一座は戸惑っていたが、

「控えよ」

服部が頭ごなしに制した。控えるどころか星野は御白洲の隅から栗原に向かって両手をついた。

「何卒《なにとぞ》、吟味を尽くしてから裁許をお願い申し上げます」

必死に訴えかけたところ、

「ええい、控えよと申すに」

不快に顔を歪ませ服部が言葉を重ねると、

「服部、よい」

栗原は鷹揚に服部を制し星野に向き直った。

「なるほど、前例はないかもしれぬ。だがな、前例なきことでも、行えばそれが前例となるものぞ。領民どもの訴え、わしは真実を語ったものと確信しておる。命を賭した行いがそれを裏付けておる」

家来たちに無礼討ちにさせたことの報いが訴状を取り上げたことだと栗原は言いたいのかもしれない。それでも、ゆるりと駕籠を進めたことといい、訴人たちが死んでから訴状を受け取ったことといい、やはり作意を星野は感じてしまった。

「仰せの通りと存じますが、今回の一件は急ぎ裁許をすべきことではないと存じます」

横目に畑野がひやひやしているのがわかった。

「みなはいかに思う。わしには明々白々《めいめいはくはく》の一件に思えるがのう」

栗原の言葉に評定一座のあちらこちらから賛同の声が上がる。いや、賛同というよりは追従だと星野には思えた。その声を聞いた上で栗原は星野に、

「評定一座の者もわしの考えと同じようじゃがな」

「畏れながら、最も多くの評定を経験しておられる落合丹波守さまはいかにお考えなのでしょうか」

星野が落合を見上げる。

服部の顔は露骨な蔑《さげす》みに彩られる。

「丹波はどうも耳が遠いようじゃ。丹波とても、わしに賛同するであろうて」

栗原も無視しようとしたが、

「難しいのう」

やおら落合は言葉を発した。

一同の目が落合に引き付けられる。

「今回の一件、ひときわ難しいですぞ。御一同」

今度は、はっきりとした口調で落合は述べ立てた。それを受けて星野はやはり即日、裁許すべきではないと言葉を強めた。栗原の目が吊り上がった。服部が、

「落合殿、何を以《もっ》て難しいとおっしゃられるのか」

落合はキッとした顔で、

「ならば、問う。服部殿は何を以て難しくはないと仰せか」

「言葉尻を捕らえて問い返されるな。だが、いいでしょう。今回の一件、先頃には厚木領内の領民から御老中に直訴状があり、それは藩主水瀬駿河守の失政を訴えるものであった。加えてただ今の家老村上掃部輔らの証言を鑑《かんが》みれば、領民どもの訴えはもっともであり、駿河守押し込めは当然の処置と思われる。吟味を重ねることもなき事案である」

服部は断じた。

目を瞑って聞いていた落合が目を開けて、

「そうかのう」

と、惚《とぼ》けた声を出した。

「明白である」

服部は繰り返した。

「畑野」

落合から呼ばれ両手をつく。

「御老中に直訴に及んだ領民どもの訴状、そちらにもあるかのう。それから、そなたらが預かった風呂敷包も見せてくれ」

村上から提出された水瀬家中への領民の訴状を持って来るように命じた。訴状の束は畑野の文机の上にあった。畑野は持つと落合の方へ歩いて行き、落合の前に置いた。

落合は畑野から受け取った訴状を置き、村上から提出された訴状と見比べた。ところが、目が悪くなったと嘆き、遅々として進まない。みな、苛々《いらいら》とし出した。

畑野が畏れながらと落合を手伝った。

しかし、栗原への訴状に記された訴人である庄屋が村上から提出された藩への訴状に一致したものがない。

「おかしいのう」

困ったような落合の声が何度も絞り出される。一通り見終わったところで、

「御老中に訴え出た領民どもが住まいする村から水瀬家中への訴状が見当たりません」

畑野も首を捻ると、

「そうじゃろう。おかしなことよな」

間延びした声で落合は言った。

服部が、

「なくても不思議はあるまい。水瀬家中に訴え出るよりも江戸に出て御老中直々に訴えた方がいいと判断したのであろうて」

賛同を求めるように評定一座を見回す。勘定奉行から賛同の声が上がった。

「なるほど、そうとも考えられますな」

落合は一旦《いったん》その考えを受け入れたものの首を捻り、

「しかし、厚木領内の神社や寺には目安箱が設けてあり、誰でも意見や訴えを行うことができる。まずは、領内にて訴え出て、然《しか》る後に江戸に訴えに及ぶのが筋であろう。領内の目安箱に訴状がないのはおかしいのう」

盛んに落合は首を捻った。

「まさしくその通りでござります」

すかさず、星野が賛同した。

「そのような些細《ささい》なこと論ずべきではないと存ずるが」

忙《せわ》しげに扇子で扇ぎながら服部が異を唱えた。

すると落合の目がぎろりと剝《む》かれた。

「些細な事実を積み重ねることこそが吟味と申すものですぞ。この丹波、十九年に亘って様々な訴訟に取り組み実践してきたことでござる」

勘定奉行、町奉行を務めた際には名奉行と謳《うた》われ、十九年の永きに亘って評定一座に加わっている落合の言葉だけに一同にずしりと重く伸《の》し掛かった。

服部が反論すべく落合に向き直った。

ここで栗原が、

「丹波、この一件、吟味を要するということだな」

「仰せの通りでござります」

明瞭な声音で落合は答えた。

評定一座は口を閉ざした。まるで、関わりを避けるかのような空気が漂っている。扇子を動かす音や空咳《からせき》ばかりが耳につく。じりじりとした時が過ぎ、

「しばし、休もうぞ」

栗原の一言で休憩に入った。

誰からともなくため息が漏れた。

扇子が一層忙しく使われる。

やがて、茶が運ばれて来た。運んで来たのは艶やかな着物に身を包んだ吉原の遊女たちである。厳粛《げんしゆく》な評定の場には似つかわしくない女たちであるが、いつの頃からか評定の場に茶を運ぶのが慣習となっている。

やがて、栗原が吟味の再開を告げた。

服部が口を開いた。

「落合殿は異論がおありのようだが、さてさて、ご一同、いかがであろうな。みどもは御老中のお考えに賛同し、本日に吟味を終えて裁許を下してもよいと存ずるが。すなわち、水瀬家家中星野格之進の訴えを退《しりぞ》けるということじゃ。むろん、水瀬家家中には当主の政を許した責任を負ってもらう必要がある。それはしかるべき処置が必要であるによって、後日、御老中方の評議にお任せするがよろしいと存ずる。くどいが、我ら評定一座としては星野の訴状のみにつき、裁許を下すことである。つまり、星野の訴えを退けるという沙汰を下せばよいということじゃ」

額に玉の汗を滴《したた》らせ熱弁を振るう服部に異論を申し立てる者はない。

このままでは裁許が下ってしまう。星野も顔面から汗を滴らせながら、落合に熱い視線を送った。自分に止める力はない。落合にいま一度奮い立ってもらいたい。

「ご異存ござらぬか」

服部が意見をまとめようとしたところで、

「ううっ」

落合が呻き声を上げた。

一同の視線が落合に向く。

「落合さま、いかにされましたか」

星野が甲走《かんばし》った声を発した。落合は前にばったりと倒れた。

「医者だ」

星野は大きな声で呼ばわった。

落合の途中退場により栗原は裁許を強行しなかった。十九年間評定一座に加わってきた落合の履歴を配慮し、栗原といえども強引な裁きを控えたのだ。引き続き吟味が行われることになった。

控えの間に用意された床《とこ》に落合は臥《ふ》していた。

平九郎は大内家の家臣と星野格之進警固を名目に評定所に来ていた。駆け込まれた大内家が星野の身を守るのは責務だという主張は受け入れられた。星野は評定所で吟味される際、大内家上屋敷から通う。

平九郎が見舞うと半身を起こした。

「寝ておられてくださりませ」

平九郎の気遣いに、

「どこも悪くはないのに、寝てなどおれるか」

「大した狸《たぬき》でござりますな。ひやっとしましたぞ」

平九郎は小さく笑った。

「気分が悪くなったことは確かじゃ。とんだ茶番の評定にな。よって、あながち仮病というわけではない」

落合は手でつるりと顔を撫でた。

どこまでも食えぬ男である。それが、頼もしくもあった。目下、力になってくれるのは落合だけである。どうにか、今日は裁許が下されなくてよかった。今後は評定一座ではなく留役による吟味が重ねられるのである。

「わしの役目はこれにて終了じゃ」

落合は言った。

「いえ、まだ裁許の場がござります。それこそ最も大事なことではござりませぬか」

「裁許は吟味の結果を反映するものである。今日は栗原さまが臨席され、寺社奉行が主導して吟味を行ったが、栗原さまの筋書が崩れたからには本来の評定に戻る。すなわち、評定所による厚木領の調べが大事ということじゃぞ」

淡々と落合は語った。

「よくわかっております」

　これからが戦いの始まりである。落合によって戦いの場を作ってもらったというこ
とだ。おそらく、栗原以下、様々な圧力をかけてくるに違いない。覚悟はしたものの、
平九郎は改めて緊張に身が焦がされた。

「厚木領には評定所留役頭の畑野志摩太郎が赴《おもむ》く。畑野めは水瀬家の者どもに抱き込まれておるようじゃ。公正な目で調べを行うとは思えぬ。そこでじゃ。そなた、わしの代理として厚木領探索に赴け」

　平九郎の返事を待たず落合は平九郎を名代《みようだい》に遣わす、と一筆したためた。

「くれぐれも申すが、公正な目で調べるのじゃ。たとえ駿河守元昌に不利な証言、事実があろうと目を瞑ってはならぬぞ」

　落合は釘を刺すと平九郎に書付を手渡した。

「承知致しました」

　平九郎は両手で書付を受け取った。それは、重大な役目を引き受けたに等しいものだった。

第三章　代理旅

一

平九郎たち大内家の家臣に守られ、星野格之進は大内家上屋敷に戻り、居間でくつろいだ。

藩主大内盛義の馬廻り役、秋月慶五郎《あきづきけいごろう》が冷たい麦湯を運んで来た。

「かたじけない」

星野は笑みを広げ、ごくりと咽喉《のど》を鳴らしながら飲み干した。

「お代わりをお持ちしますね」

秋月は立ち上がり奥へと向かった。庭から吹き込む夕風は秋らしい涼しさだ。評定の場の緊張から解き放たれ、夕涼みが心地よい。虫の鳴き声と草の香りが厚木の情景を思い出させる。間もなく金木犀《きんもくせい》が花を咲かせるだろう。

秋月が麦湯の代わりを持って来た。

「すっかり、世話になってしまい申し訳ござりませぬ」

星野は秋月に礼を言った。秋月は明朗な声音で星野を労《ねぎら》い、

「いよいよ、評定所の吟味が始まったのですね。拙者には吟味のことはわかりませぬが、よき裁許が出ますようにとお祈り申し上げます」

秋月らしい、素直な物言いである。

「かたじけない」

二杯目を半分ほど飲んでから、そっと畳に湯呑を置いた。

厚木藩上屋敷では留守居役用部屋で園田が村上と面談に及んでいた。

「首尾はいかがでござりましたのか」

園田の問いかけに、

「引き続き、評定所にて吟味されることになった」

渋面となって村上は吐き捨てるように言った。

「吟味でござりますか。本日、裁許が下されたのではないのですか」

戸惑う園田に、

「吟味継続となったのじゃ」

自分が悪いわけではないと村上は言いたいようだ。

「仔細《しさい》をお聞かせください」

なんのために綿密な資料を用意したのだという不満が胸に募《つの》る。自信たっぷりに請け負った栗原佐渡守、なんの手違いがあったのだ。

村上は顔を歪め、

「栗原さまに直訴に及んだ領民の領内における目安箱への投書が見つからなかったのだ」

「なんですと」

思わず声を大きくした。

「見つからなかったのじゃ」

もう一度村上は言った。心なしか語調が強まっていることが、村上の無念さを伝えていた。

「それがしは指図しましたぞ。御老中に直訴状を届けた領民どもの訴えを裏づける投書を用意させたのですが」

ひとつ、ひとつの書状を思い浮かべる。

しかし、手抜かりがあったのだ。

さすがは落合丹波、針の穴も見過さない名奉行ぶりだ。

「落合丹波め」

呟《つぶや》くと、村上が腹からふり絞るような声で悪態《あくたい》を吐《つ》いた。

「今後、呼び出しを受けてもわしは行きたくはない」

村上は子供のように駄駄《だだ》をこねた。

「そのような大人気《おとなげ》ないことを申されますな。我らの勝ちは変わらないのです」

園田は燃えるものを感じた。

「そうじゃな」

村上は自身を鼓舞《こぶ》しているようだが、頼りない。村上が気を取り直したのを見計らって園田は言った。

「ところで、大内家が星野に肩入れをするわけがわかりましたぞ」

村上はさして関心なさそうにぼんやりとした顔で言い返した。

「星野が大内家上屋敷に駆け込んだからではないのか。大内家の大殿は殊の外に武士道を貫く、と耳にしたぞ」

「それもありましょう。ですが、それだけではなかったのです」

勿体をつけるように言葉を止めた。

「焦《じ》らすな」

村上は眉根を寄せる。

「殿のお父上、直参旗本大槻左兵衛介さま、大内家の大殿、盛清さま、そして大目付落合丹波守さまは昌平坂学問所の同期、しかも、席次を競った仲であったそうです。大内盛清さまは大槻左兵衛介の三男数右衛門《かずえもん》さま、つまり後の水瀬駿河守元昌さまを大層可愛がり、数右衛門さまも盛清さまを尊敬し、政の手本となさったとか」

園田は言った。

それまで無関心であった村上の顔が緊張を帯びた。

「なるほどのう……そういうことであったのか」

「我ら、少々、驕《おご》っておったのかもしれませぬ。御老中栗原佐渡守さまが控え、厚木領の一部を御公儀に割譲《かつじょう》し、更には御老中の甥御を養子に迎えるということで、事は成就したと油断しておったのです」

反省の弁を述べ立てる園田に村上は唸り声を上げた。

結果論ではあるが、抜かりだらけであった。

拳《こぶし》で畳を叩きたくなった。

ひょっとして、今回の企ては失敗するのではないか。

もし、障害があるとすれば落合保明だとばかり思っていた。落合は耄碌していると栗原は歯牙《しが》にもかけていなかったが、園田は侮れないと警戒していた。落合の裁許記録を取り寄せて落合の吟味ぶりを調べたのもその表れだ。落合は老いたと蔑まれるようになってからもきちんと吟味を行っていたのだ。実際の吟味を行うのは留役だと畑野は誇っていたが、落合の頭が決して耄碌していないことの証ではないか。

加えて椿平九郎という、思いもかけない男が障害となろうとしている。椿平九郎は落合と手を組み、我らに立ち向かおうとしているのだ。

二

夜の帳《とばり》が下り、平九郎は藩邸の書院で星野と向かい合った。

「まずは上首尾でありましたな」

星野は喜びを嚙みしめている。

「いや、これからですぞ。やっと、これから吟味が執り行われるのでございます。本日は落合さまの腹芸《はらげい》によって乗りきることができましたが、さて、今後は我らの力で乗りきらなければなりません」

「落合さまは後ろ盾になってはくれんのですか」

「むろん、なってはくれます。しかし、落合さまのお力を存分に発揮頂くには我らの吟味がしっかりとしたものでなくてはなりませぬ」

「仰せの通り」

星野も改めて表情を硬くした。

「それと、気になることがあります」

「なんでござるか」

「水瀬家家老村上掃部輔が用意した文書、水瀬駿河守さまの失政、放蕩を証拠立てるものばかりでしたが、非常に綿密な記録でござりました。記録が綿密過ぎるゆえにかえって疑わしかったのですが、あの記録、園田右京が用意したのでしょうか」

平九郎の問いかけに、

「おそらくは」

園田は几帳面《きちょうめん》である、と星野は教えてくれた。

「園田右京、駿河守さま押し込めに加わった一人でござりますな」

「おそらくは首謀者《しゅぼうしゃ》です」

「すると、今回の企て、園田が絵図を描いておるということですか」

「わたしはそう睨んでおりますな」

「手強《てごわ》い男と考えてよろしいですな」

「ちとばかり、厄介《やっかい》な男でございますな。今回、企てが上首尾に終われば重役に取り立てられるでしょう」

星野は園田の禄が十俵二人扶持に過ぎなかったが、郡方の下級役人の頃、領民の暮らし改善について様々な意見書を上申したのが元昌の目に留まり、昇進を重ね、郡奉行を経て、昨年の卯月《うづき》から江戸留守居役となり、禄高は五百石となった、という経歴を繰り返した。

門閥によらない人事を断行する元昌の改革の申し子といえる男である。このまま元昌に従ってゆけば、昇進を重ねられるものを村上たちに加担したとはどういうことなのだろう。

園田なりの大儀、いや、利を算段してのことであろう。

油断のならぬ男である。

やおら星野が、

「傷も癒《い》えたことですので、こちらの御屋敷から出ようと思います」

「何を申されますか。吟味が終わるまでこの屋敷に留まってください」

「吟味が始まったからには迷惑はかけられません」

「藩邸に戻られるのですか」

「そのつもりです」

「むざむざと殺されるだけでござるぞ」

「ですが、これ以上の逗留は大内家を水瀬家の御家騒動に巻き込んでしまいます。もし、拙者が評定で負ければ、大内家にもなんらかの処分が下されるかもしれませぬ。落合さまを動かしてくださっただけで十分です」

星野は感謝の言葉を添えた。

「なりませぬ！」

強い口調で平九郎は返した。

「しかし……」

平九郎の強い口調に、星野は気圧《けお》されて口をもごもごとさせた。

「吟味が終わるまで当家におられよ」

気を落ち着け、平九郎は釘を刺した。

その時、

「椿殿」

と、秋月慶五郎の声がした。

「なんだ」

つい不機嫌に返してしまった。

「評定所留役頭の畑野志摩太郎という方がおいででございますぞ」

評定所での星野の行いを注意しに来たに違いない。平九郎は留役頭畑野には自分が会うと星野に告げて書院を出た。

客間に入ると畑野は不機嫌な顔で冷たい麦湯を飲んでいた。

「畑野殿、御用ならばこちらから出向きましたものを」

にこやかに声をかけた。

畑野は戸惑い気味に平九郎を見ると、

「星野殿は……」

と、問いかけた。

「もう、休まれました。代わって、わたしがお話をお聞きします」

平九郎は言った。

では、と畑野は一礼してから、

「星野殿は評定の場を乱しました。今後、二度と勝手なる発言なきよう、匿われておられる大内家中からもきつくおっしゃってください」

「波風立たぬのが、評定所の吟味だと申されるのですか。公平な吟味を進めれば訴人と訴えられた者、主張の違いから多少の言動の乱れは致し方ないのではござらぬか」

臆せず平九郎は返した。

平九郎に反論されるとは思ってもいなかったようで、畑野は両目を見開き言葉を呑み込んだが、気を取り直して反論した。

「公平な吟味を行うため、無用の発言は控えてほしいのです」

「無用かどうかは貴殿が決めることではないでしょう。星野殿は無用どころか必要不可欠だと、必死な思いで証言をなさったのです」

平九郎は引かない。

「吟味の場で好き勝手に発言されては秩序が保てませぬ」

畑野も言い張った。

「ならば、どちらかに肩入れをして発言を封じぬようお願い致す」

畑野を見据え、平九郎は言った。

畑野は頬を引き攣《つ》らせ、

「その言葉、留役頭たる拙者を愚弄《ぐろう》するもの……忘れぬぞ」

と、早口で捲《まく》し立てるや憤然《ふんぜん》と立ち上がった。

「これからもよろしくお願い致します」

平然と返し、平九郎も腰を上げた。

畑野は平九郎を睨み付けると居間から出て行こうとしたが立ち止まり、

「あ、そうそう、落合丹波守さまですが、倒れられましたぞ」

思い出したように告げた。

「評定所の控えの間に見舞いましたので存じております」

何を今更言っているのだ、と平九郎は訝しんだ。

「違います。屋敷にお戻りになられて、再び倒れられたのです。卒中《そっちゅう》であろうとは医者の見立てだそうですぞ。訴人の身勝手な振る舞いに心労を募らせたのではないですかな。このところ、めっきり体調がよろしくなかったのに無理をなさり、その上、本日のような有様……いやはや、落合さま、まことにお気の毒でござります」

畑野はため息まじりに語り終え、去っていった。その横顔には嘲《あざけ》りの笑いが貼り付いていた。

落合丹波守保明、まことに倒れてしまった。

大いなる誤算だ。

病状を確かめねばならないが、想像以上に重いとすれば、落合を頼ることはできない。去り際の畑野の薄笑いが痛恨《つうこん》だ。

おっとり刀で平九郎は落合保明の屋敷を訪ねたものの面談は叶わなかった。よほど、容態が思わしくないようだ。今後、落合が実際の吟味に加わることはない。

落合の離脱は、平九郎の心の柱を喪失《そうしつ》させた。

とはいえ、嘆いても仕方がない。落合不在のまま勝つしかない。平九郎は己を鼓舞した。

藩邸に戻るや脇目も振らず星野の寝間に向かった。

星野は待ち構えていた。

「いかがされた」

問いかける星野の顔は不安で一杯だ。

「落合さまが倒れました。どうやら重き病らしゅうござる」

平九郎が答えると、

「なんと」

天を仰ぎ星野は絶句した。

「我ら、よほどの覚悟で乗りきらねばなりませぬぞ、格之進殿」

己に言い聞かせるように平九郎は告げた。

「むろんそのつもりでござるが、これは、正直、あまりに痛いですな」

落胆を隠さない星野を見ると、落合が倒れたことを隠しておけばよかったという後悔が胸をついた。

「駿河守さまに落ち度はなかったことを明らかにできれば、落合さまが不在でも吟味は有利になります」

励ますように平九郎は語りかけた。

「されば、国許に連絡を取ります」

「わたしが出向きます。落合さまから書付も頂戴しております。落合さまの代理として椿平九郎を差し向ける、という書面です」

平九郎の言葉に星野はうなずき、

「拙者も同道致しましょう」

「いや、格之進殿はここでお待ちくだされ。ご重役方は国許にも手を回しておりましょう。格之進殿が姿を現せば、危険が及びます。わたしが参りますので、厚木領内にて訪ねるべき者たちを教えてくだされ」

強く平九郎は言った。

平九郎の強い意志に星野も折れ、

「では」

と、筆を取った。

紙に厚木城下の町役人《ちょうやくにん》、村々の長《おさ》と庄屋の名前、郡方の役人の名が書き連ねられた後に、

「やはり、天堂奉天ですな」

と、水瀬元昌藩政改革の立役者の名前を星野は口に出した。

それから、

「五十六歳までは浪々《ろうろう》の身にあった在野《ざいや》の学者、豊富な学識を有し、智謀湧くが如く次々と方策を打ち出し、殿の改革の担い手となりました。新田の開発、養蚕や蜜柑の栽培など、この人物抜きには進まなかったといっても過言ではござらん。是非とも話

を聞いて頂き、評定の場においても証言させなければなりませぬ」

星野が語り終えると、奉天への興味がより一層募った。

矢代に相談をすると、厚木領行きを承認された。


園田右京は老中栗原佐渡守貞通の屋敷を訪れていた。奥書院で向かい合う。栗原の思惑通りに評定が進まなかったことをなじるわけにはいかない。不満を口に出すことも表情に表すことも許されるはずもない。それでも心の内を気取られぬよう、平伏したまま気持ちを落ち着かせた。

栗原も気が差しているようだ。

「手筈通りにはゆかなんだ。許せ」

即座に面《おもて》を上げ、

「滅相《めっそう》もございません。佐渡守さまのせっかくのご好意に応えることができませず申し訳なく存じます。わたしが用意した文書に不手際がございました」

園田は額に汗を滲ませ詫びた。

「落合め、耄碌しおったが目聡《めざと》さだけは衰えておらなかったわ」

栗原は吐き捨てた。

次いで、園田の用意した文書の不備をあげつらった。ひたすら畏れ入って面を伏せてから、

「落合さまもさることながら、星野が強気で証言をしたのは意外でした」

栗原は鼻白み、

「才覚を鼻にかけた男じゃ」

自信たっぷりの栗原だが、その自信こそが危《あや》うい。栗原は落合のことも見くびっていた。驕りが計画を狂わせた。老中の目から見れば落合も星野も取るに足りぬ存在、だが裁許を下すのは評定一座である。無視などできるはずがない。

心配が顔に出たのだろう。

「取り越し苦労はするな」

「はあ」

危ぶむゆえ言葉に力が入らない。

「まだ、心配のようじゃな。ならば、よき報《しら》せを教えてやろう。落合め、病に倒れおった」

「評定の場で倒れられたと聞きました。大事ないとか」

「ところが、屋敷に戻ってからの再び倒れおってのう、卒中だとか。重き病じゃ。おそらくは、評定一座には加われまい。それどころか、このまま身罷《みまか》るやもしれぬわ」

天罰だとでも栗原は言いたげである。

僥倖《ぎょうこう》であることは確かだ。落合丹波守の存在は大きな刺《とげ》であった。星野も落合の存在を頼りにしていたはずである。

留役が国許に調べにゆくはずだ。

国許に行かれてはまずい。

反元昌で城中を固めているとはいえ、領民には元昌を慕う者がいる。自分たちに不利な証言を得ることができよう。

「心配するな」

何度、この言葉を聞いたことだろう。しかし、栗原を無視することはできない。

「畑野は厚木領に行こうが、そなたらに不利な事実は摑むまいよ」

それはそうだ。

栗原が畑野を言い含める。あの小役人、栗原の意向に逆らうなど絶対にするまい。

やはり、栗原には感謝せねばなるまい。

吟味はこちらが立てる証人と文書によって行われることになる。

「万事うまくゆく。当初の目論見からは日数は要するが、我らの思惑通りに落着《らくちゃく》する」

栗原の楽天ぶりが恨めしい。

「ありがとうござります」

笑みを取り繕い感謝の言葉を述べた。

「さて、これでよし」

栗原が言ったところで足音が近づいてきた。

悪い予感に園田は駆られた。

家臣が栗原を呼ぶ。

「何事じゃ」

余裕を示すように栗原は薄笑いを浮かべ廊下に出た。評定の一件とは限らないが家臣は栗原に来客を承知で伝えるほどの用向きということだ。

果たして廊下から、

「何故じゃ」

という不満そうな栗原の声が聞こえる。

益々嫌な予感に襲われる。

果たして書院に戻った栗原の顔は苦虫《にがむし》を嚙み潰したようだった。不快そうにどしっと腰を下ろす。

「いかがされましたか」

「上さまがこたびの吟味、いたく気にかけておられるとのことだ」

「それがどうか致しましたか」

「なに、気紛《きまぐ》れじゃ。じき飽きられる」

栗原はまたしても楽観的な見通しをした。将軍徳川家斉は政に口を挟むことはない。それでも、御家騒動となるとさすがに気になるのだろう。

三

二十三日の払暁《ふつぎよう》、平九郎は藩邸を出た。

佐川権十郎も同行を願ったが、落合の代理は平九郎のみだ。いくらなんでも佐川が評定所の役目を担うわけにはいかず、今回は出番がないと嘆いていた。

白々明けの空は乳白色で地平の彼方は朝焼けに染まっている。野鳥の囀《さえず》りに波立った気持ちが和らいだ。袷《あわせ》はまだ早かろうと単衣《ひとえ》に野袴を穿いて、打裂羽織《ぶっさきばおり》を重ねた。

背中に打飼《うちがい》を負い、網代笠《あじろがさ》の紐《ひも》を顎でしっかり結ぶと平九郎は緊張の面持ちで出立した。

厚木領には畑野志摩太郎も出張《でば》るそうだ。畑野はおざなりな調べしかしないだろう。いや、それどころか、藩主駿河守元昌の落ち度、失政を殊更拾い集めるに違いない。

そうはさせてはならない。

その頃、水瀬藩邸では、

「ところで、殿はいかにされておられますか」

園田が村上に確かめた。

「今のところ、大人しくしておられる。しかし、隠居については頑としてお受けになられぬ。まこと、強情なるお人であることよ」

「会ってまいります」

園田は言った。

「やめておけ」

村上は元昌については、腫物《はれもの》に触るような思いを抱いているようだ。

「会わねばなりません」

園田は繰り返すと元昌が押し込められている離れ座敷へと向かった。

離れ座敷に足を踏み入れた。

座敷内に格子《こうし》は設けられていないが、渡り廊下や周囲では藩士たちが厳重なる警護に当たっていた。

園田は渡り廊下を歩き、座敷の前の濡れ縁に正座をして、

「園田でござります」

と、挨拶をした。

「入れ」

返された声音には張りがあり、元昌が挫《くじ》けていないことを伝えている。

座敷の中に入り、平伏をする。

「おお、忠臣園田右京か」

皮肉たっぷりに元昌は声をかけてきた。

「耳の痛いことを伺いにまいりましてござります」

「ならば、謀反人《むほんにん》めとなじってやろうか」

元昌は辛辣《しんらつ》な言葉を投げてきた。一向に気力が衰えていない。やはり、侮れない殿

さまだ。

「これは痛み入ります。わたしは御家のためを思う、御家の忠臣でござります」

「つまらぬことを申しておらず、何用か申せ！」

「殿、御隠居なされませ」

ずばり言った。

「隠居などしてたまるか」

予想通りとはいえ、元昌らしい明確な拒絶である。

「殿、水瀬家は存亡《そんぼう》の危機にござります。評定所は水瀬家に御家騒動が出来《しゅったい》したと断じ、これより吟味が始まります。さすれば、水瀬家には厳しい処罰が待っているかもしれませぬ」

「実際、御家騒動であろう。その方どもが余を押し込めたことが招いた事態ぞ」

「いかにも仰せの通りでござります。しかし、その押し込めの原因をお作りになったのは殿であると申せましょう」

「なるほど、余は家老どもの意見に耳を傾けていたとは申せぬ。しかしな、それもこれも水瀬家の傾いた台所を立て直し、尚且つ領民どもの暮らしのために行ったことぞ」

「そのために家中が割れてしまったのです。まこと殿が水瀬家と領民どもを思っておられるのでしたら、ここはお引きください。水瀬家はこの後も栄えなければならないのです。殿の代で終わってはならないのです」

「余に犠牲になれと申すか」

「殿は御家の改革を命がけで行ってまいられました。改革のためなら身命《しんめい》を賭すと申されました。そのお言葉、よもやお忘れになられましたか」

園田は詰め寄る。

「ふん」

元昌は横を向いた。

「殿は改革のために御家を真っ二つに割り、無用の混乱を引き起こしてしまわれた。かりにでございます。今、戦が起きたとして、将軍家より出陣を命じられ、殿が軍勢を率いて合戦《かっせん》に及べば、今の家中では軍勢は乱れに乱れ、殿は指揮を執ること叶いませぬ」

「合戦を持ち出すか」

元昌は鼻で笑った。

「常時、戦を思えとは殿のお言葉でございますぞ」

園田が詰め寄ると元昌は黙り込んだ。

多弁な元昌を言い負かしたのは心地よいが、議論に勝ったとて何にもならない。

実際、元昌は倹約《けんやく》を実施するに当たり、度々戦を引き合いに出した。これが合戦の場ならば贅沢《ぜいたく》などはしていられない。兵糧《ひょうろう》があるだけでもありがたいと思え、そう言って家臣たちの不満を押さえ込んできたのだ。

「殿、見事なる討ち死にを遂げられたらいかがですか」

「よくも、申せたもの。この不忠者め」

「殿はこう思っておられるのでございましょう。園田め、せっかく自分が引き立ててやったのに裏切りおって。飼い犬に手を噛まれたようなものだと」

園田の言葉を受け元昌の目が吊り上がった。

「殿は八代将軍徳川吉宗公が行われた目安箱を取り入れられ領民の言葉に耳を傾けられました。また、足し高の制も取り入れ、門閥、家柄に囚われない人事を断行されました。拙者は十俵二人扶持の平士の家に生まれながら、五百石の上士の身にあるのは足し高の制のおかげでございます。そう、足し高の制のおかげなのです。失礼ながら殿のおかげではございません。殿は決して気紛れではなく、御自分の贔屓ではなく能力と実績によって家臣が取り立てられるよう足し高の制を採用されたのではございませんか。えこ贔屓《ひいき》ではなく、足し高の制により、拙者を引き立ててくださったのではございませんか。天堂奉天同様に……」

自分でも驚くほどに園田は饒舌になり、語るほどに元昌への思いが迸《ほとばし》る。元昌には感謝している。それは偽りなき事実である。元昌こそが理想の主君であるとも思う。優れたお方であるからには完璧でいてもらいたい。権力にしがみつく醜態《しゅうたい》をさらして欲しくはないのだ。

思えば元昌の失態は星野格之進などという無能な男を引き立てたことに始まった。実家から連れて来た唯一の心許せる男というだけで能力も実績もない者を側用人とし、高禄を与えた。それでは、言行不一致というものだ。そして、一方でいくら能力があるとはいえ厚木藩とも厚木の地とも縁も所縁もない浪人天堂奉天を取り立て、専横《せんおう》を許した。

格之進の追従と奉天の大言壮語に元昌は乗せられていったのだ。

これからは、元昌の政を受け継ぎ、自分が藩政を切り盛りする。

堕《お》ちてゆく元昌を見たくないがために自分は今回の企てを起こした。不忠は承知の上である。

「右京、わしは隠居せぬ」

改めて元昌は宣言した。

「どうあっても隠居なさらぬということであれば、致し方ございませぬ」

「毒でも盛るか」

「そのようなことするはずはございませぬ」

「評定所の吟味が待っておるからな」

「それもございますが、殿には長生きをして頂きたいのです。政の行く末をご覧になって頂きたいのです。水瀬家や厚木領内の繁栄を見てくだされ。そのために評定所にて殿の隠居が裁許されるべく拙者は尽くします。それが拙者の殿に対する忠義でございます」

「お手並み拝見とまいろうか」

「高みの見物をなさってください」

園田は微笑んだ。

「ふん、勝手にせい」

鼻を鳴らし、元昌は右手をひらひらと振った。その横顔に絶望はない。自分は復帰できると信じているようだ。この男が絶望に瀕《ひん》する様子を目にしたくなった。

絶望に身を焦がし、嗚咽《おえつ》を漏らす様《さま》を見たい。

「失礼致します」

園田は立ち上がった。そして座敷を出る際にふと振り返り、

「殿、初めて名前でお呼びくださいましたな。園田ではなく右京と」

「……………」

元昌は皮肉げに口を曲げた。

「うれしゅうございました」

深々と頭を下げ、園田は足早に立ち去った。

四

その足で元昌の側室、お静《しず》の方《かた》を訪ねた。元昌の一子、菊千代の母だ。

今、元昌は気を張っている。評定所での吟味が始まることに力を得て、断固として藩主の座を死守しようと気持ちを高めているのだ。

そんな元昌を攻め崩すには強硬《きようこう》手段ばかりでは無理だ。硬軟《こうなん》合わせた技を駆使《くし》しなければならない。

それには、お静の方を利用することだ。

面談を申し入れるとお静の方は応じてくれた。ひたすらに元昌の身を案じているのだろう。

お静の方の部屋へと行き、濡れ縁で平伏した。

「園田殿、面を上げられよ」

お静の方から声をかけられたが園田は顔を上げることはなく平伏を続けた。お静の方が面を上げるよう言葉を重ねる。しかし、園田は耳に入らないかのように面を伏せたままである。

「園田殿、わたくしにお話があるのではないのですか。殿はお元気なのですか」

たまりかねたようにお静の方が問いかけた。侍女たちの間からも不審そうな声が漏れる。

それでも園田は顔を上げず、もちろん言葉を発することもなく、肩を震わせ嗚咽を漏らした。

一同がざわめいたところで園田は顔を上げた。頬を涙が伝う。

「園田殿……」

困惑し、お静の方は言葉をかけられない。

「只今、殿と会ってまいりました。殿のお顔が思い出され、感極まってござります」

涙を拭うことなく園田は言った。

「殿はお元気であられましたか」

お静の方は静かに問いかけてきた。

「さすがは殿でござります。押し込めという境遇にありながら、毅然としておられます。まこと、ご立派な……」

言葉を詰まらせ元昌を褒め称えた。侍女の間からも元昌への称賛と安堵の言葉が聞こえた。

「そうか」

お静の方は落ち着いている。

懐紙で涙を拭い園田は居住まいを正した。

「殿はお健やか、意気軒昂《いきけんこう》でござります。拙者、殿の押し込めに加担した者の一人としまして改めて殿の偉大さを知った次第でござります」

「ならば、園田殿、殿の押し込めを解くべきではないのですか」

「拙者もそうすべきと思っておりましたが、殿にお会いして、やはりご隠居をして頂くのがよろしいのではという思いを強くしましてござります」

「何故ですか」

お静の方の目が不審に揺れた。園田は眦を決して、

「殿は気を張っておられます。家督を相続してこられて以来、緊張の日々を過ごしてこられたのです。いかに殿が優れたお方であっても、神仏ではありません。政を続ければお命を縮めてしまわれることでしょう。これからは、悠々自適、気儘《きまま》なお暮しをされるが殿の恩為《おんため》と思った次第でござります」

お静の方は黙っている。

園田の真意を測《はか》っているかのようだ。

「むろん、隠居頂ければ、御部屋様と健やかに暮らせるよう拙者が取り計らいます」

「園田殿のお気持ちはありがたく受け止めますが、殿から政を取り上げることは死ねということと同じです」

お静の方は落ち着いている。

「果たしてそうでありましょうか。殿はこれまで政を第一に暮らしてこられたのです。ゆるりとしたお暮しをご存じないのです。ですから、そのよさがおわかりになればきっと心豊かにお暮しになるものと考えます。花を愛《め》で、茶道や学問、書画、骨董《こっとう》の類《たぐい》に心を傾けるお暮しもよろしいかと存じます」

園田は真摯《しんし》な目を向けた。

「そのことをわたくしの口から殿に伝えて欲しいと申されるのですか」

お静の方の物言いには警戒が読み取れた。自分を利用しようとしているのだと勘繰っているのかもしれない。お静の方は聡明《そうめい》な女《ひと》だと改めて思った。

空涙《そらなみだ》など通用はしない。

心の内は見透かされているだろう。だが、それでもいい。かえって見透かされた方がいいのだ。

「拙者が御部屋様を利用しようと受け止めておられることと存じますが、まさしくその通りなのです。そう受け取って頂いてよろしいのです」

「どういうことですか」

「拙者、殿が隠居されるのはまこと殿にとりましても御部屋様におかれましても、それがお幸せであると心の底から思っておるからです。かりに、藩主の座にお留まりになられたら、真っ二つに割れた家中を再びまとめあげるという大仕事が待っております。それでは、殿のご苦労は甚《はなは》だしく、著《いちじる》しく殿を苦しめましょう」

「それでも殿なれば必ず成し遂げられましょう」

「ですが、果たして殿にとりまして幸せでしょうか」

「申したではありませぬか。殿から政を取り上げたら、それこそ生きる張りを失くしてしまわれると」

「ならば申しましょう。家中と領民にとりましてはいかがでしょう。御部屋さまは国許をご存じありませぬな」

「はい。わたくしは江戸生まれの江戸育ち、それにわたくしの立場では、江戸藩邸を離れることはできませぬ」

「家中の者、領民たちは殿が隠居になる身とされ、ほっとしておると思います」

「それは、園田殿が申されることで、星野殿からはまるで反対のことを聞いております。家中の者も領民たちも殿の政で生き生きとしていると。それは偽りだと申されるのですか」

「偽りではござりませぬ。殿の政により、家中も領民も元気づけられました。働く張り合いを持った者たちで満ち溢れております。ですが、世の中、そうしたことを望む者ばかりではありませぬ。出世しなくてもいい。豊かにならなくてもいい。日々、食べていければいい。そんなことを考えている者にとって、これを達成すればもっと豊かになれる、出世できると尻を叩かれ続けることは果たして幸せでしょうか」

園田はここで言葉を区切った。

園田自身にももっと出世したいという望みと、ここらで安寧《あんねい》に暮らしたいという気持ちの葛藤《かっとう》がある。

「出世をする、豊かになる。一生懸命働いた甲斐があった。しかし、そこは安住の地ではない。達成したなら、更に高い山を登れと尻を叩かれる。登った山で息をつく暇もなく、景色を味わうゆとりもなく、次の山の頂を目指さなければならない。より切り立った峰の続く山を……。嵐の中を風雨をつき、吹雪の中を豪雪を踏みしめ、行き倒れたら脱落するのみですぞ。それが果たして幸せと申せましょうか」

淡々と平易《へいい》な口調で語る園田に対してお静の方は伏し目がちになった。

「殿はおっしゃっておられました。家臣、領民たちの笑顔を見るとうれしくてならないと」

お静の方は元昌が熱心に村を巡見していたことを語った。

「なるほど、殿は熱心に領内を巡見しておられました。以前にはです」

元昌は家督を継いで、藩政改革を熱心にやっていた頃は領内の巡見もくまなく行っていた。ところが、

「四年前から、巡見のやり方が変わってまいられた」

「どういうことですか」

「天堂奉天を採用してからです。殿より奉天のことはお聞きになっておられましょ

う」

「とても優れたお方だと、殿は申しておられました。天堂殿のおかげで新田開発、養蚕、蜜柑栽培が飛躍的に高まったと承っております」

「拙者に言わせれば山師《やまし》です。目新しいことを殿に吹き込み、言葉巧みに殿に取り入りました。殿は天堂奉天を重く用いるようになってから、家臣たちとの溝が深まりました。領内の巡見も天堂に段取りを任せるようになりました。結果、奉天は自らの政策がうまくいっている村を選び巡見の段取りを整えるようになったのです」

園田の言葉にお静の方は反論できない。藩政も領民たちとの触れ合いもないとなれば何も言い返せないのだろう。

お静の方にとって、厚木藩の家中と領内のことは元昌あるいは星野格之進の二人を通してしか知らないことなのだ。

重苦しい空気が漂《ただよ》った。

「話はわかりました。ですが、わたくしは殿を信じたい。殿から政を取り上げることはしたくはありません」

必死の決意をお静の方は語った。

「承知しました。御部屋様の思い、確かに承ってございます」

園田は部屋を辞去した。

これでよし。

お静の方の気持ちが波立った。

さざ波でもいい。元昌隠居に少しでも気持ちが動けばいいのだ。さざ波はやがて大きな波となって元昌に打ち寄せるに違いない。

その足で村上に面談を求めた。

「殿と御部屋さまに会ってまいりました」

「いかがじゃった」

村上は心配そうだ。

「まずは、これでよしですな」

元昌とお静の方との会見の様子を語った。

「殿、心変わりすることなどあるまいて」

村上は吐き捨てた。

それには答えず、

「拙者も厚木へ向け旅立ちとうございます」

「よかろう」

躊躇いなく村上は承認した。

五

一方、平九郎は旅を続けていた。

江戸城の赤坂門《あかさかもん》から駿河国沼津宿《ぬまづじゅく》まで延びる矢倉沢往還《やぐらざわおうかん》を旅している。矢倉沢往還は大山《おおやま》参りの参詣《さんけい》客が利用することから大山道とも呼ばれる東海道《とうかいどう》の脇街道である。厚木宿は七番目の宿場、江戸からおよそ十一里である。男の足ならば急げば一日で到着できる。

ところが、昼近くなり雨風が強くなった。昼、多摩川《たまがわ》の二子《ふたご》の渡しに至った時には嵐の様相を呈した。

多摩川が増水し、渡ることができない。仕方なく、旅籠《はたご》に泊まることにした。茶店で休むと江戸へ向かう行商人たちがお茶を飲んでいる。平九郎は厚木の様子を確かめた。

彼らは御家騒動が起きたことを耳にし、用心して通過したそうだが、表面上は落ち着きを保っているようだ。

しかし、これからだろう。

吟味が続き、藩主が隠居するのかどうか、新しい藩主が決まらないうちは、領内は落ち着かないに違いない。今は息を詰めて成り行きを見ているのではないか。

旅籠を求める。

玄関で女中を捕まえると相部屋であることを言われた。

「かまわんぞ」

こういう場合だ、贅沢《ぜいたく》は言っていられない。

二階の奥の部屋に通された。部屋には行商人が二人いた。薬の行商人だそうだが、平九郎が侍だということで遠慮して、部屋の隅に移る。

「渡し場、いつ再開されるだろうな」

平九郎の問いかけに、

「まあ、二、三日のうちには解かれるのではないでしょうか」

行商人は顔を見合わせながら答えた。

屋根を打つ雨音が恨めしい。

行商人たちは沼津へ向かうそうだ。

そこへ、

「すみません、もうお一人をお願いします」

と、女中の声がした。

断るわけにはいかない。

「かまわんぞ」

平九郎が返事をすると行商人たちもうなずいた。

「御免」

入って来たのは老齢の侍だった。真っ白になった髪を総髪に結い、粗末な木綿の小袖に裁着け袴、羽織は重ねておらず大刀を一本差しにしていた。顎や口の周り、頬に至るまで無精髭《ぶしょうひげ》で覆《おお》われているのを見ると浪人者であろう。

果たして、男は相州《そうしゅう》浪人杉山《すぎやま》とだけ名乗った。枯れ木のように痩せているが眼光鋭い男である。平九郎も身分は明かさず、名乗るに留めた。

二十八日も渡し場は塞がれたままだ。

何をすることもなく、雨音を聞きながら部屋の中に籠もっていると気分が塞《ふさ》いでくる。行商人たちは賭場に行くと出て行った。むろん平九郎は誘いには乗らなかったが、かといって見知らぬ浪人杉山と一日中顔を合わせているのも苦痛だ。視線が合うと会《え》釈《しゃく》をしてくる。

　さすがに鬱陶《うっとう》しくなり、平九郎も杉山もそれぞれに旅籠を出た。雨は上がったため、明日には川止めは解禁されるという声が宿場のあちらこちらから聞こえてきた。昼餉《ばく》でも食そうかと一膳飯屋に入った。小上がりで駕籠かきたちが酒を飲み、サイコロ博《ばく》打《ち》を行っていた。

　ふと見ると杉山が蕎麦《そば》を食べている。平九郎も蕎麦を頼んだ。蕎麦が運ばれてくる間、駕籠かきたちの声は耳障《みみざわ》りになるほど大きくなった。周囲の客たちが距離を取って関わらないようにしている。負けた駕籠かきたちが当たり散らすように「酒をもって来い」と奥に向かって怒鳴った。

「ちと、静かにしてくれぬか」

　杉山が声をかけた。

「なんだと」

　駕籠かきがねめつけてくる。杉山は表情を変えることなく、

「聞こえなかったか。静かにしろと申したのだ」

「何言ってやがる、この三一《さんぴん》が」

駕籠かきたちが杉山の前に立った。四人が杉山を見下ろし威嚇《いかく》している。

「三一、因縁《いんねん》つけようってのか」

「因縁ではない。注意をしておるのだ。食事中ゆえな」

「けっ、それが因縁てもんだぜ。表出ろい」

「食事中だ」

杉山は食べかけの蕎麦の丼を畳に置いた。

一人がそれを蹴飛ばした。丼が土間に落ちて割れ、蕎麦と汁が飛び散る。客たちが店の隅に移動し、主人が駕籠かきたちを宥めたが聞く耳を持つ連中ではない。

「三一、飯は終わったぜ。面《つら》を貸してくんな」

どすを利《き》かせるためか声を太くして男が言った。

間に入るべきだろうか。

公務の旅の途中に争い事に介入《かいにゅう》することはよくはない。しかし、袖振り合うも多生《たしょう》の縁、同宿、同部屋となった男の災いを見て見ぬ振りはできない。そう思う一方で、杉山の落ち着いた様子が気になる。性質《たち》の悪い駕籠かきたちに凄まれても全く動じない。旅籠の部屋にあっても、正座をし続け、常に背筋をぴんと伸ばしていた。折り目正しい所作は武士の品格を漂わせている。

相当に腕に覚えがあるのではないか。

そんな杉山の対応が興味深くもあった。もう少し様子を見て、杉山が窮地《きゅうち》に立ったところで間に入るとしよう。

「表には出たくない」

杉山は人を食ったような物言いをした。

「なら、謝りな。土間で土下座をしたら許してやってもいいぜ」

駕籠かきたちは杉山の拒絶を弱気と受け止めたようだ。つくづく馬鹿な連中である。

「それはおまえたちの方だ。店や客たちに詫《わ》びろ」

「てめえ、舐《な》めた口利きやがって」

一人が足蹴りを食らわせた。

杉山は正座したまますっと横に避けたため駕籠かきの足は空《くう》を切り、前にのめった。すかさず杉山は首筋に手刀を叩き込んだ。男は土間に転がり意識を失った。

続いて二人目が殴りかかってきた。

杉山は畳に置いた箸を摑み突き上げた。箸は駕籠かきの鼻の穴に刺さる。駕籠かきは鼻を両手で押さえながら畳をのたうち回った。

三人目には右の拳を鳩尾《みぞおち》に叩き込む。男は、「うっ」と呻《うめ》いたと思うと膝から崩れた。

　この間、杉山は膝を崩していない。全ては上半身の動きだけで行っていた。店内の客たちは声もなく見入っている。四人目は恐慌《きょうこう》をきたし悲鳴を上げると膝をがくがくと震わせているだけで、一歩も動けない。髭で埋まった顔の中にあって両目が激しく瞬かれていた。

　ここで杉山が動いた。

　腰が浮き、右足を前につくや右手が脇差の柄にかかり、さっと抜刀する。白刃が煌《きら》めき、横に一閃《いっせん》された。

　駕籠かきの帯が両断され、着物がだらしなくだらりと下がる。駕籠かきは一瞬自分の身に何が起こったのかわからず呆然《ぼうぜん》としていたが、じきに己《おの》が醜態に気づき、

「ひえ～」

　悲鳴を上げ、それが弾《はず》みとなったのか畳にくっついていた足が離れ、裸足のまま土間に降りると店を飛び出して行った。

　残された三人は怯《おび》えの目で杉山を見ていたが店を出ようとした。それを杉山が呼び止める。三人は後ろ髪を引かれたように立ち止まり杉山を振り返った。

「飲み食いした銭と迷惑料を置いてゆけ」

杉山に命じられて、抗う者はいない。年長の男が巾着《きんちゃく》から銭を取り出そうとするが手が震えているため銭が掴み出せない。

「巾着ごと置いてゆけ。飲食代と迷惑料を主人の裁量《さいりょう》で貰っておく。後日、残りの銭と巾着を受け取りに来ればよかろう」

杉山の言葉を受け、駕籠かきは主人に巾着を押し付け店から出て行った。あちらこちらから感嘆《かんたん》の声が上がった。主人が礼を言いにきた。

別段誇ることもなく杉山は食べ損ねた蕎麦を頼んだ。主人は四人が性質の悪い連中でこの宿場の鼻摘まみ者たちだと言った。いつか痛い目に遭うと思っていたがいい薬になったでしょうと杉山を褒め称えた。

ここで平九郎は声をかけた。

「お見事でございますな」

杉山も平九郎に気づき、

「いや、みっともないところをお見せしてしまいましたな」

杉山は静かに返した。平九郎は褒め称えてから、

「杉山殿、仕官をされぬのですか。杉山殿ほどの腕があれば、仕官の口に困ることはございますまい」

「いや、いや、拙者、何分《なにぶん》にも世渡り下手《べた》でございましてな。椿殿は公務での旅でござりますか」

「そんなところです」

「ひょっとして厚木ですかな」

平九郎は無言で首肯した。そうすることで立ち入ったことは話せないことを報せた。

杉山も察してそれ以上は訊いてこなかった。

「拙者、まだまだ未熟でしてな。回国修行《かいこくしゅぎょう》の旅の途中でござる」

杉山の求める剣とはどのようなものなのだろうかと気になった。

杉山は顎を指先でこすった。じょりじょりと無精鬚が鳴った。

明くる二十九日、川止めが解かれた。抜けるような青空に爽《さわ》やかな風、旅気分を満《まん》喫《きつ》しつつしばらくは杉山と同道したが、ここで杉山が何軒かの道場を回ると言い、一人旅となった。

別れがたい思いを胸に杉山と別れ、一路厚木を目指した。

昼八つ半（午後三時）には厚木の城下へと入った。

厚木城は周囲を堀が巡り、本丸、西の丸、三の丸まで備える本格的な城郭《じょうかく》であるが、天守閣《てんしゅかく》は宝永《ほうえい》二年（一七〇五）に焼失して以来、再建されていない。

城下にはおおよそ五万人が住んでいるそうだ。一見して平穏な暮らしが続いている。

とりあえず、城に近い旅籠太田《おおた》屋に入った。畑野と待ち合わせた宿だ。

すぐにすすぎの湯が運ばれてくる。

「いつまでのご逗留ですか」

女中に訊かれ数日だと曖昧な返事をした。

「どうだ。景気は」

さりげなく訊くと、女中は特に変わった様子はないと答えた。確かに騒ぎなども起きてはいない。城下では藩主元昌の押し込めを冷静に受け止めているのだろうか。いや、成り行きを見守っているのだろう。

二階の奥の部屋に入ると、旅籠の主人が宿帳を持ってきた。そこに素性を記し、

「駿河守さまが押し込めに遭ったことを存じておるな」

と、問いかけてみた。

主人はうなずいた。

「いかに思う」

「さて、手前どもはただただどうなるのかを見守るばかりでござります。殿さまのおかげで城下はずいぶんと繁盛《はんじょう》したのは確かなことでございますので、新しいご藩主さまになられて賑《にぎ》わいが小さくなりますことが心配されます」

それが本音であろう。

「町役人を訪ねたいのだが」

「それでしたら、米屋の恵比寿《えびす》屋さんがよろしゅうござります」

主人は教えてくれた。

恵比寿屋は代々城下の総年寄を務める老舗《しにせ》の米屋で、今の勘兵衛《かんべえ》で四代目だそうだ。格之進からも恵比寿屋勘兵衛のことは聞いていた。

「わかった、すまぬな」

主人に礼を述べて旅籠を出た。

目抜き通りを歩き、表通りに面した大店が恵比寿屋であった。平九郎は素性を名乗り、勘兵衛に会いたいと告げるとすぐに奥から勘兵衛は出て来た。

平九郎は落合保明から渡された書付を見せ、

「駿河守さまのことで尋ねたいのだ」

と、申し入れた。

「はい」

勘兵衛は深々と腰を折った。

「今回の押し込めのことをいかに思うか」

勘兵衛は静かにうなずき、

「さようでございますな。手前ども商人風情《ふぜい》が声を大きくして申すべきことではございません。ただただ、御家のお達しに従う他はないと存じます」

「それはそうであろうが。腹を割ってはくれぬか。駿河守さまの押し込め、このまま御家の政を退くのがよいと思うか」

「いささか、答え辛い問いかけであると存じます」

「そこを話して欲しいのだ」

「評定の場にお役に立てるおつもりでござりましょう。ならば、わたくしだけの考えでは吟味を歪《ゆが》めてしまう畏れがあります。それでは公平を欠くというもの。では大変にご足労とは存じますが、明後日の夕刻、もう一度足をお運び願えませぬか。ご城下の町役人を務める者を集めておきます。みなの考えを椿さまに申し上げましょう」

勘兵衛の申し出を断るつもりはない。

「承知した」

平九郎は恵比寿屋を後にした。

明後日の夕刻まで領内の村を訪ねることにしよう。


明くる日、平九郎は城下を出て在郷の村へと足を運んだ。稲刈り真っ最中の田圃《たんぼ》の畦道《あぜみち》の中を進む。色なき風に揺れる黄金色の稲穂を見ていると懐かしさを覚えた。秋の実りを約束するものであった。いかにも豊かな土地柄を思わせた。

田圃で鎌を振るったり畦道を行く百姓たちの顔つきは城下同様に藩主押し込めという騒動などなかったような穏やかさであった。

第四章　厚木領探索

一

長月《ながつき》二日の夕刻、平九郎が恵比寿屋勘兵衛の家にやって来ると、座敷に十人ばかり男が集まっていた。城下の町役人を務める商人たちである。畏《かしこ》まるみなを見回し、

「御藩主水瀬駿河守さまが家老方によって押し込めになった。このまま隠居されるがよいか、それとも家老たちの所業を横暴と思うか、これよりそなたらの考えを聞きたい。ざっくばらん、腹蔵《ふくぞう》のないところを話して欲しい」

平九郎は問いかけた。

だが誰も口を開こうとしない。お互いの出方を窺っているようだ。じりじりと時が過ぎ、空気が淀《よど》む。辛抱《しんぼう》強く待っていると、見かねたように勘兵衛が、

「では、手前から申し上げます」

と、口火《くちび》を切ってくれた。一同の間から安堵のため息が漏れる。

「手前は、殿さまが隠居なさると聞き、正直ほっとしました」

勘兵衛の考えにうなずく者もいた。

意外な答えである。星野格之進が語る元昌はまさしく理想の殿さまであった。側近ゆえの身贔屓が入っているとしても、平九郎がかつて遭遇した元昌は格之進の話とぴったりと重なり合った。領民と気さくに口を利き、労わりの心で接していた。

勘兵衛は水瀬家の重役たちにおもねっているのだろうか。

「ほっとしたとはどういうことだ」

平九郎は努めて落ち着いた口調で問いかけた。

「殿さまは、まこと英邁《えいまい》なるお方でございます。政に熱心、民の暮らしも大変に気遣ってくださいました。領民の中には感謝する者が大勢おります。ですが、商人に限ってはいかがでしょうか……。殿さまはお城の台所を改善するため、御用達《ごようたし》の商人に任せるのではなく、必要な品物ごとに入《い》れ札《ふだ》で決めておられました」

入れ札にしたがために安値を競うことになり、多くの商人は利が薄まったと不満を抱くようになったと勘兵衛は言い添えた。

「入れ札は理《り》に適っておる。特定の御用達だけではなく、新参《しんざん》の商人も出入りが叶うと勇み、城下は活気づいたのではないか」

平九郎が異論を差し挟むと、

「入れ札も過ぎますと弊害《へいがい》が生《しょう》じます」

入れ札でお城への出入りを叶えようと新参の商人が安値をつけるため、品物の質が落ちた。御用達の商人たちも品物の値を下げるために奉公人の数を減らす事態に陥ったとか。

「値ばかりが商いではないということを、殿さまはおわかりになっておられなかったのだと存じます」

元昌に批判めいた評価を下した勘兵衛の言葉に何人かの商人が首を縦に振った。なるほど、勘兵衛たちは元昌が隠居してくれた方がありがたいわけだ。特定の御用達で商いを行う方が競争はなくなり、利を確保できる。おそらくは、城中の水瀬家家臣たちの中にも出入り商人と結託《けったく》して甘い汁を吸おうと考える者もいるだろう。

すると、

「ですが、殿さまのおかげで城下は生き生きとしました。治安もよくなり、夜道を女でも平気で歩くことができるのです」

元昌の政を評価する意見も語られた。

その意見に賛同するように、

「火消しも充実しました。城下には一番組から十番組まで町火消しが設けられ、火の廻りも徹底して行われるようになったのです」

今度は元昌をよく思わない者が、

「殿さまはお江戸育ち、お江戸の町を真似ておられるのです」

「そうだ、殿さまは八代吉宗公を尊敬しておられたので、政は吉宗公の真似ばかりをなさった。足し高の制を取り入れなされたのはいいが、殿さまへの追従がお上手なご家来が幅を利かせ、目安箱を設けられたのはいいがあることないこと誹謗中傷《ひぼうちゅうしょう》の訴えがされるようになりました」

以下、元昌に対する意見が分かれ、しばらく論議が続いた。

万人《ばんにん》が満足する政などありはしない。元昌が既得権益《きとくけんえき》や馴れ合いを排除し、果敢に政策を推進したことは事実である。ところが、藩主の思いと領民の幸せが一致するとは限らない。

ひとしきり意見が出尽くしたところで、

「城下の総年寄たるそなたは、重臣の行いを正しいと思うのだな」

平九郎は勘兵衛に問いかけた。

「わたくしは正しかったと受け止めております」

はっきりと勘兵衛が答えると数人が賛同した。この場に集まった十人の内六人が元昌の隠居を願っているようだ。

「椿さま、わたくしどもは正直に申したのでござります。評定所の吟味に支障をきたすのでございましょうか」

心配そうに勘兵衛は上目遣いになった。

「城下の者、在郷の者、厚木領内に住まう者たちの声を評定一座の落合丹波守さまに届けるのがわたしの役目だ」

言葉に力が籠もらない。

勘兵衛たち元昌の隠居を望む者の考えを無視するわけにはいかない。評定所の吟味は公平でなければならない。その言葉が今になって重く伸《の》し掛かってくる。自分で物語を作ってはならないのだ。事実だけを拾い集める。収集した事実の積み重ねによって吟味を行う。それがあるべき評定所の役目である。

落合保明は、吟味は公平であるべきだと厳しく断じていた。自分たちの思い通りに裁許を導いてはならない。公平を尽くした吟味によって導かれる裁許こそが真理なのである。

そうわかっていても、格之進を裏切るような思いを抱いてしまう。

「お力になれましたでしょうか」

勘兵衛に問われ、

「むろんだ。手数をかけたな。そなたらの気持ちはしかと受け止め、必ず吟味に反映を致す」

気を取り直した平九郎はしっかりとした口調で答えた。

「よろしくお願い申し上げます」

勘兵衛が頭を下げるのに合わせ、みな、そろって頭《こうべ》を垂《た》れた。

「邪魔したな」

立ち上がると旅籠に戻ろうと広間を出た。

明日は評判の天堂奉天に会おう。そして、在郷の領民たちの声を聞かねばならない。

その晩、宿で平九郎は遅くまで勘兵衛たちとのやり取りを書面にし終えてから風呂に向かった。

すると、玄関に畑野志摩太郎がいた。酔っているようで、水瀬家の家臣と思《おぼ》しき侍二人に肩を貸されている。

「いやあ、かたじけない」

呂律《ろれつ》の回らない口調で礼を述べると、畑野は階段を上がった。二人の侍は一礼して出ていった。

畑野は水瀬家中で接待を受けているようだ。

留役の、いや、武士の風上にも置けない男だ。あんな奴に負けてなるものか、と平九郎は己を叱咤《しった》した。


明くる長月三日の朝、平九郎は旅籠を出た。

天堂奉天は城下に隣接する三輪田《みわだ》村の村長門左衛門《もんざえもん》の屋敷にいた。数羽の鶏が庭で放し飼いにされている。降り注ぐ朝日を浴び、鶏が気持ち良さそうな鳴き声を放った。

庭に面した客間で会った奉天は、

「あっ、貴殿」

思わず驚きの声を平九郎が上げたように宿の旅籠で同部屋となった浪人杉山　某《なにがし》であった。

雲助《くもすけ》たちを叩きのめした武芸の手並みが脳裏《のうり》を過《よぎ》る。

「いやあ、欺《あざむ》いてすまなかったな。ま、許せ」

悪びれた様子など微塵《みじん》もない奉天を唖然と見返していると、門左衛門が茶を持って来た。

「何をぼけっとしておるのだ。座れ」

奉天から命令口調で言われるまま平九郎はすとんと腰を落とした。

改めて奉天を見る。

奉天は六十前後であろうか、髪を総髪にし、浅黒い肌、眼光鋭く周囲を圧するものがある。粗末な木綿の小袖に裁着け袴、焦げ茶色の袖無し羽織を重ねている。

「天堂殿、駿河守さまの元で素晴らしいご活躍だそうでござるな」

平九郎は言った。

「最初に申しておくが、わしは駿河守さまの信頼を得、厚木の領内を富んだ土地にしたいと粉骨砕身《ふんこつさいしん》してまいった。決して己《おの》が栄達《えいたつ》を考えてのことではない」

物怖《ものお》じせず堂々と語る奉天は自信に満ち溢れている。

「ならば、奉天殿が行ってこられたこと、詳《つまび》らかにお聞かせくだされ」

平九郎が申し出ると、

「その必要はない」

居丈高《いたけだか》に奉天は遮った。思わずムッとして見返し、

「吟味にご協力頂けないということでござるか」

「ここで貴殿に話すよりも、評定所にて証言しようではないか」

　奉天は破顔《はがん》した。

　それならそうと素直に応じてくれればいいものを、勿体をつけた物の言い方に天堂奉天という男に胡散《うさん》臭さを感じてしまう。宿で素性を隠し、自分を探ってきたことと考え合わせ警戒しなければならない。

「かたじけない」

「貴殿に礼を言われることはない。わしは駿河守さまの熱き心に打たれて、本分を尽くしたのじゃ。駿河守さまに御家の政から身を引かれては、わしはこの地にはおられぬ。わしがおらなければ改革は道半《なか》ばにして頓挫する。厚木領水瀬家百年の夢が泡と消えるのじゃ」

　元昌が失脚しては奉天も困る。奉天は己が身というより改革の中断を憂《うれ》えている。評定所では必ずや元昌擁護の論陣を張るだろう。

「評定の場には、わしが選びし者を連れて行こうと思う」

　いずれの者も元昌にとっては有利な証言をするに違いない。

「それは、駿河守さまには心強き証言となりましょう」

「水瀬家中の年寄りども、門閥に拘《こだわ》り、家柄にのうのうとあぐらをかいておれるものを、己の器量もわきまえず、政に口を挟みたがる。奴らが領民たちのために汗の一滴、知恵のひとつも絞ったことがあろうか。偉そうに茶を飲みながら無駄話をし、禄《ろく》を食《は》んでおるだけじゃ。そんな者たちに政を牛耳《ぎゅうじ》られたのでは領民たちがかわいそうじゃ。あ奴らを肥え太らせるために牛馬の如くこき使われる一生を送らねばならぬのじゃからな」

奉天の口から奔流《ほんりゅう》の如く村上たちへの不満が溢れ出た。

「よって、椿殿、この吟味、是が非にも勝たなくてはなりませんぞ」

「むろんそのつもり……」

奉天の勢いに乗せられ応じてしまったが、自分は評定一座を担う落合保明の名代、公平な立場で事実のみを集めなければならない。

平九郎の躊躇いを察知したのか、

「何か、ご不満でもござるのか」

「いいえ、そういうわけではござらん」

慌てて否定する。

「なに、わしにお任せあれ」

平九郎の不安を取り払うかのように奉天はぽんと胸を叩いてから、

「わしは園田や村上らから命を狙われておる。よって、秘密裡《り》に旅立たねばならん」

声を潜《ひそ》め、奉天は言った。

二

園田右京も厚木城下にやって来ると、その足で恵比寿屋を訪れた。

恵比寿屋の居間で勘兵衛と向かい合う。

「お指図通りに致しましたよ」

昨日の平九郎とのやり取りを勘兵衛は報告した。

「よくやった」

「ですが、よろしいのですか」

不安げに勘兵衛が問い直す。

「何がじゃ」

「殿さまのことを褒め称える者も集めよと園田さまが申されましたので、椿さまに引き合わせたのですが、殿さまに心服《しんぷく》している者のみを椿さまは評定所に呼び出すのではございますまいか」

「昨日の椿の調べの場にて、殿を悪《あ》しざまに言い立てる者ばかりがおったのでは、椿の疑念を招く。椿は星野を匿っておる。おそらくは星野から殿への賛美と我らへの批判を散々に聞かされたことだろう。椿は厚木城下では殿の隠居を惜しむ声が充満していると思って乗り込んで来たはず。そんな椿に殿を誹謗する声ばかり届ければ、我らの作意だと疑わせるばかりだ。批判する者が六、褒め称える者が四、くらいが丁度よい。それに、評定所には殿に好意を抱く者ばかりが呼ばれるわけではない」

「なるほど、それを聞いて安堵しました。それで、かねてよりのお約束でございますが、新藩主さまがめでたくご就任なさいましたら、再びお城への御用達は……」

上目遣いとなった勘兵衛に、

「入れ札は取りやめる。そなたらに約束した通りである」

きっぱりと園田は断じた。

勘兵衛はありがとうございましたと礼を述べてから、

「江戸の出店のこともよしなにお願い申し上げます」

「わかっておる。藩邸に出入りさせる」

園田はうなずいてから、

「ところで、天堂奉天のことだが、取り込めそうか」

「あのお方は難物でございますな」

勘兵衛は首を左右に振った。

「金では転ばぬか」

園田が尋ねると、

「いいえ」

今度は、勘兵衛は右手を左右に振った。

「では、いかがした」

「あのお方、無私を装ってはおられますが、その実は大層欲深きお方でございます」

「少々の金では転ばぬが、大金を積めば殿を裏切ると申すか」

「大金で心変わりをなさるかどうかわかりませぬが、金を駆け引きの道具にして変幻《へんげん》自在《じざい》の動きをなさると存じます。転ぶと見せかけて転ばず、転ばぬと思わせてこちらにすり寄る、わたしらを試すような、いえ、駆け引きそのものを楽しむとでも申しましょうか、とにかく底意地の悪いお方、御《ぎょ》しがたいお方と存じます。ああいう御仁はいっそのこと……」

思わせぶりに言葉を止めた勘兵衛に、

「いっそのこと殺せとでも申すか」

乾いた口調で園田は返す。

「いいえ、そのような物騒《ぶっそう》なことを商人たる手前が考えるものではございませぬ。わたしは天堂先生がご領内からいなくなればよいと思ったまででございます」

「追い出せと申すか。しかし、力ずくでもあの男は出ていかぬぞ」

「天堂先生が殿さまに心服し、殿さまのお考えにのっとって手となり足となって改革を推進なさったのはいかなるわけでございましょう」

「栄達を望んだものではないのか。何しろあの御仁、四年前に召し抱えられるまで浪々の身にあったのだ。五十六歳でようやく仕官が叶って働く場を得、殿より重用されたとあっては、より一層の出世を望むのが当然であろう」

「園田さまのお考えが間違っているとは思いませんが、手前が思いますに、あの方は出世をなさりたいというよりは、殿や世の中から認められたいのでございます。ご自分がいかに優れた学者なのかを世の中に誇りたいのでございます。その機会を殿さまは与えてくださった。それゆえ、殿さまに心服なさり、夜も昼も役目に邁進なさったのでございます」

勘兵衛の話を受け、園田は思案の後に、

「もし、そなたの考え通りとすれば、天堂奉天、御老中栗原佐渡守さまから召し出されるのであれば、諸手《もろて》を挙げて飛びつくのではないか。老中の下で己が才覚を存分に発揮できるとなれば天下に天堂奉天の名が轟《とどろ》くからな」

「仰せの如く。しかし、御老中さまが天堂さまを召し抱えられるものでしょうか」

「栗原さまは我らの後ろ盾。今回の企てがうまく進むとなれば、痩せ浪人の一人くらい召し抱えてくれよう」

「それは頼もしい限りでございます」

「うむ、しかと頼む。在郷の庄屋どもは天堂奉天を信頼する者が多いが、奉天が厚木を去れば奴らはばらばらとなろう」

冷静に園田は見通した。

「新藩主さまが決まるのはいつ頃でござりましょう」

「殿の御隠居の裁許が評定一座によって沙汰されてからゆえ来年の春頃になろうかのう」

園田が答えると、

「待ち遠しいですな。春が。きっと、来春は桜満開となりましょう」

勘兵衛は遠くを見る目をした。

三

その頃、門左衛門の屋敷では、

「ならば、それがしと共に旅立とうではございませんか」

平九郎の申し出に、

「それでは貴殿に負担をかける。やはり、しばらくは領内に留まろう」

一転して奉天は藩を離れることに躊躇いを示した。評定の場に出ることが嫌になったのだろうか。

「このまま、厚木領におられて、駿河守さまが隠居させられ、家老方や御老中栗原佐渡守さまの意向通りに政を行う新藩主が誕生したのでは、奉天殿とて御家には留まれますまい」

熱を込めて平九郎は説得に当たる。

「それはそうじゃがな」

奉天は顎を指でこすった。無精鬚がじょりじょりと音を立てる。

「奉天殿、奉天殿の望みは何でございますか」

「ほほう、若いの、随分と生意気なことを尋ねるものじゃな。わしにそんな大それたことを尋ねるからにはそなたにも望みがあろう。まずはそれを申してみよ」

奉天は問い返してきた。

平九郎は居住まいを正し、

「真実を追い求めることです」

一瞬の沈黙の後、

「ほう……、若いのう。いや、若い若い、あははは、若い、実に若い」

奉天は団扇《うちわ》で平九郎の顔を何度も扇った。青臭いと馬鹿にされたようで汗ばんだ顔に風を受けても一向に涼しくはない。それどころか、気持ちの悪い湿った布がまとわりついたようだ。

奉天は団扇を置き、

「真実を追い求めるために評定所の仕事を手伝っておるのか。それは、立派なことだ。ならば、わしの望みを申そう。わしはな……」

ここで奉天は一呼吸置き、

「わしの望みは名を残すことである」

と、高らかに言った。

「人は死して名を残す、ということですか。まことにご立派なお考えですな。であれば、命を賭しても江戸に行き、評定の場で証言をなさるべきです。さすれば、天堂奉天の名は天下に鳴り響き、駿河守さまの隠居が回避されれば、名は一層高まり、後世《こうせい》に語り継がれるものと存じます」

「甘いな」

言下《げんか》に奉天は否定する。

自分の考えを頭から否定する奉天に腹が立ってきたがぐっと堪え、

「何が甘いと申される」

「駿河守さまは勝てると思うてか」

「吟味が始まる前から負けを認められるのですか」

「評定となっては負ける。じゃがな、諦めたわけではない。勝つことすなわち、殿がご藩主であり続けるための方策が閃《ひらめ》いたぞ」

奉天は得意げに人指し指で自分の頭を指した。

不気味なものを感じてしまう。この男、策士には違いないが、策士、策に溺れる、の典型のような気がしてならない。下手《へた》な策よりも、正々堂々と評定の場で元昌の政がいかに優れたものであり、領民思いのものであったのかを訴えるのが奉天の立場ではないのか。

　平九郎が口を閉ざしていると、勿体をつけるように空咳をし、

「一揆じゃ」

　奉天は言った。

「一揆……」

　口を半開きにした平九郎をよそに、

「門左衛門、一揆じゃ。起《た》つぞ」

　まるで祭りでも催すかのように奉天は陽気に語りかけた。門左衛門は頰を緩め、

「また、奉天先生、御冗談を」

　本気にしなかったが、

「本気じゃ」

　真顔で返す奉天に、

「一揆なんぞ、起こしたら、栗原さまの思う壺ですぞ。駿河守さまは隠居どころか、水瀬家は転封、石高は大幅に削減されることでしょう。第一、領民にまで災いが及びます」

目を剝《む》いて反対する平九郎に、

「駿河守さまの政に対して一揆を起こすのではない。新藩主が他家から送り込まれてくることに対して起こすものである」

奉天は言った。

「なんと」

予想外の奉天の企て、いや、この場の思いつきに警戒心を通り越して、受け入れがたい不快感を抱いた。同時にこのような軽薄な男を信頼し、重要な政策を担わせた元昌への失望が胸を貫く。

「どうじゃ、よき考えであろう」

奉天は己が策に酔っているかのようだ。

「そんなことをすれば、わしらはどうなるのでございましょう」

さすがに門左衛門も危機感を募らせた。

「なんの心配もない」

自信たっぷりの奉天に、

「奉天殿、それはいかがなものか」

平九郎は軽挙妄動を慎むよう訴えかけた。

「心配ない。わしの見通しではな、この一揆にお咎《とが》めはない」

「何を根拠にそのようなことを申される」

「村上らが迎えようとする新藩主、直参旗本綾野主計頭の次男誠之助は老中栗原佐渡守の甥、栗原が横車《よこぐるま》を押して自分の身内を厚木藩主に押し込もうとしておると吹聴《ふいちょう》してやる。それだけでは面白くないのでな、甥の綾野誠之助は江戸で放蕩の限りを尽くす馬鹿者であり、栗原は自領の年貢取り立てを殊の外厳しく行っておるとも流してやる。厚木城下ばかりか、江戸にもな」

奉天は甥と栗原の評判を貶《おとし》めることで、栗原や幕閣の介入を阻止できると考えているようだ。

「しかし、御公儀の政を担う御老中を批判すれば、無事では済みませんぞ」

「どのみち、無事では済まんのだ。栗原の息のかかった水瀬家中になれば、わしはお払い箱じゃ。それならな、わしは老中、いや、御公儀と戦った男として日本の歴史に名を留めようと思う。赤穂《あこう》の浪士《ろうし》どものようにな」

うっとりとした目を奉天はした。

すると門左衛門が、

「ですが、一揆となりますと各村の庄屋の賛同も得なければなりませんわ」

「新藩主になれば、年貢は上がる。検見法《けみほう》が採用されると伝えよ。よいか、実際、栗原佐渡守の領地では検見が行われておる。これは、厳然たる事実であるぞ」

真顔で奉天は門左衛門に語った。

年貢取り立てには一定量の年貢を毎年納める定免法《じようめんほう》と収穫高によって納める検見法がある。一見して検見法が理に適っていると思われそうだが、検見法は敬遠されていた。収穫量を調べる役人が庄屋に年貢軽減のために賄賂《わいろ》を要求したり、賄賂を贈った庄屋のみが優遇されるといった政の歪《ゆが》みが起きることが珍しくはないからだ。

また、検見が終了するまでは鎌止《かまど》めといって、農作業はできない。早く稲刈りを終え、別の作物を育てようとしても、できないのだ。

次いで平九郎を向き、

「若いの、これを見ろ」

奉天は部屋の隅にある柳行李《やなぎごうり》を持ってきた。平九郎の前にどさっと置き、蓋を取る。分厚い帳面がぎっしりと詰まっていた。

「わしはな、全国の主《おも》だった大名家の政を見て回った。その成果がこれよ」

奉天は一冊を手に取り、平九郎に渡す。平九郎は受け取るとぱらぱらと捲る。なるほど、大名家別に石高、しかも、表高と実質高、名産品が記されており、年貢取り立てが定免か検見かも記してあった。

「栗原の領内を見てみよ」

奉天に言われ、栗原佐渡守の箇所を読む。

表高六万二千石、実質高七万七千五百石とあり、五年前から検見による、年貢収《しゅう》公《こう》が行われていると記してあった。

「栗原の領内はな、決して肥沃《ひよく》な土地ではない。嵐が襲来《しゅうらい》すると大芦川《おおあしがわ》が氾濫《はんらん》し田畑は侵される。山間の村ばかりで、新田の開墾《かいこん》ははなはだ困難である。しかしながら、栗原は金が必要じゃった。老中になるための運動資金じゃな。よって、年貢を検見に切り替えた」

淡々と語る奉天には学者としての威厳が漂っていた。なるほど、ただの策士、口先だけの男ではないということだ。

やはり、元昌は見るべきを見ていたということだ。

「そんな栗原じゃ。検見法による年貢取り立てを自分の甥に勧めてもおかしくはない。検見法となれば、領内の百姓ども、いかにするであろうな」

奉天は門左衛門に問いかけた。

「きっと、熱《いき》り立ちますわ」

門左衛門は大きくうなずいた。

「さもあろう。百姓どもとて、己が暮らしを考えておる。年貢に取られる米の量が算段できていれば、暮らしの工夫もできるというものじゃ。それが、検見法となれば、毎年、どれだけ取られるか、知れたものではない。郡方の役人からは手心を加えて欲しかろうと賄賂を求められ、おまけに検見が済むまでは農事が行えぬ。百姓には迷惑な取り立て方法じゃな」

奉天は続けた。

「いかにも」

平九郎も納得した。確かに年貢収公が検見法になるとなれば、一揆の口実となる。新藩主を歓迎しない領民は大勢出てくるだろう。

「うむ、我ながらよき考えじゃ。ならば、まずは、門左衛門、今晩、村の庄屋どもを集めろ。いや、三輪田村だけではない、誉田《ほんだ》村、川上《かわかみ》村の者たちにも声をかけるのだ。特に川上村は天領と境を接しておるゆえな、天領の手ぬるさをよく見ておろう」

実際、天領は年貢の取り立てが緩い。代官は役高五百石という小身《しょうしん》の旗本が就任する。従って多数の家来を引き連れて赴任地に着任するわけにはいかない。少人数で大名並の数万石に及ぶ領地を治めなければならないのだ。

代官は任期を無事に全うするのが最大の目的であるから、できるだけ地元の領民との争いを避ける。一揆など起こされては自分の首が飛ぶのだ。よって、自《おの》ずと年貢取り立ては地元の庄屋任せとなる。

大名家のように大勢の家臣が村を巡見しているわけではないから、目こぼしが大きいのも当然であった。

「わかりました。すぐに、村長に使いを出します」

門左衛門は生き生きとし出した。

「寄合所はそうじゃな、わしが住んでおる蓮妙寺《れんみようじ》がよかろう。よし、善は急げじゃ。宵《よい》五つ（午後八時）に集まるぞ」

奉天は次々と手立てを打ち出した。

格之進が言っていた、智謀湧くが如しの評価も本当のようだ。

平九郎の思惑を超えて奉天は動き出した。一揆が起きては評定の行方はどうなるのであろう。

「若いの、そなたも寄合の場には出ろ」

奉天に水を向けられた。

出てはまずい。しかし、断れる状況にはない。

「むろんのこと」

「よし、出るからには志を同じくする者じゃ。わしらは友じゃぞ」

　奉天が平九郎を友と呼びかけると、

「椿さん、共に戦うべえ」

　門左衛門も闘志をかき立てている。

　畑野が聞いたら烈火《れっか》の如く怒るだろう。それでも、奉天の寄合に出れば領民の本音を聞くことができる。

「門左衛門。酒だ。どぶろくでよいぞ。今夜の算段をせねばならぬ。酒を飲むと、頭の回りもよくなるというものじゃ」

「頭だけではなく、先生は口もよう回るな」

　うれしそうに門左衛門は声を弾ませた。

「そういうことじゃ」

　奉天は顎を指先でこすった。じょりじょりと鳴る無精鬚が平九郎の耳朶に残った。

四

その日の夕刻には天堂奉天が三輪田村と近隣の誉田村、川上村の庄屋を集めているということが園田右京の耳に入った。

恵比寿屋の客間で、

「奉天め、何を企んでおるのだ」

園田は勘兵衛に尋ねた。

「三つの村の庄屋さんを集めるということは……。もしかして一揆を起こす腹なのかもしれませんな。あの御仁ならやりかねませんわ」

勘兵衛の言葉を受けて、

「何のための一揆だ……。一揆が起きれば殿の責任が問われる。殿は隠居では済むまい。そんな殿に不利になるようなことを奉天がするとは思えぬが……。そうか、奉天は新藩主受け入れ反対の一揆を起こすつもりかもしれぬぞ」

園田は危機感を募らせた。

「新しい藩主さまを領民は受け入れんということを天下に示す、おつもりですな」

「そんなことをすれば、死罪は免《まぬが》れぬぞ。庄屋どもとて同様だ」

「お庄屋さん方の思惑はともかく、奉天先生は目立ちたがりなのですよ。ご自分の名が広まるのであれば、なんでもなさるのです。ご自分を世の中に認めさせたいのです」

勘兵衛は厚木藩が名産として売り出した様々な品に奉天が自分の名前をつけていることを紹介した。

いわく、奉天饅頭《まんじゆう》、奉天蜜柑、奉天煎餅《せんべい》、等々である。

「目立ちたいがために一揆を起こすとは、とんでもない男だな。そんな男のためにわが水瀬家が振り回されるのは心外というものだ。どうにかせねば」

「早いところ、栗原さまに召し抱えて頂かねばなりません」

勘兵衛も危機感を募らせた。

「しかし、いくらなんでも評定の吟味が始まらぬというのに、栗原さまに奉天の召し抱えを頼むというのはどうもな……。いや、そうも言っておれぬか」

園田も焦《あせ》りを募らせた。

「いかがしましょう」

「そなた、探ってまいれ。天堂奉天が実際に何をやろうとしておるのかをな。一揆というのは我らの憶測《おくそく》だ」

「ええっ……。手前がですか」

勘兵衛は目を大きく見開いた。

「当たり前だ。それくらいの役に立たずして、水瀬家御用達の商人か、厚木城下の総年寄か」

強い口調で園田に迫られ、

「わかりました。手前も腹を括《くく》ります」

「奉天の本音を探ってまいれ」

園田は念押しをした。


その晩、平九郎は三輪田村の蓮妙寺に入った。

本堂では既に庄屋たちが集まっていた。燭台に蠟燭が灯され、三十人ばかりが車座になって腕を組んでいる。そして、奉天はというとその車座の真ん中に端然《たんぜん》として座し、腕を組んで両目を瞑っている。

平九郎が入って行くと、かっと両目を見開き、

「ならば、始めると致そう」

威厳を示すかのように太い声を発した。

平九郎がどこに座ろうかと迷っていると、

「適当にお座りくだされ」

奉天が声をかけてきた。車座に加わるわけにはいかず、輪から離れた畳に座った。

「一同、本日はただの寄合にあらず」

奉天は厳《いか》めしい顔で告げた。奉天の第一声で緊張が高まった。庄屋たちはぼそぼそと語らい、やがて呼びかけ人である門左衛門に視線が向けられた。

門左衛門は、

「本日は、奉天先生からみなに大事なお話があるべぇ。今後の厚木領のために、わしら、どうすりゃあええか、よく先生の話を聞くべよ」

諭《さと》すように柔らかな口調で語りかけた。みなの目が緊張を帯びた。

すると、奉天は、

「厚木藩水瀬家百年の大計《たいけい》である」

と、大袈裟《おおげさ》な言葉を投げかけた。

庄屋たちがざわめいたところで、

「本日は御公儀より評定一座、落合丹波守さまの代理、椿平九郎殿が立ち会ってくださる。我らの考えは御公儀にも届くということじゃ」

奉天の言葉で庄屋たちの視線は一斉に平九郎に向いた。

平九郎は無言で見返す。

すると、濡れ縁で足音が聞こえた。

「誰じゃ」

奉天が鋭い声を発した。

観音扉が開き、

「恵比寿屋でございます」

と、勘兵衛が入って来た。

夜空が見え、くっきりと浮かぶ月が秋の夜長を彩っている。

門左衛門が、

「恵比寿屋さん、何をしに……」

胡散臭い者を見るような目を勘兵衛に向ける。

「いえね、奉天先生や門左衛門さんが村の庄屋さん方を集めておられると耳にしましてね、これは只事ではなかろうと、不肖《ふしょう》ながら何かお役に立てないかと、馳《は》せ参じたのですよ」

しれっと答えた勘兵衛はあけすけ過ぎて、追い返すことができない。誰もが口を閉ざしたのをいいことに、

「わたしも末席に加わってよろしいですな」

図々しく勘兵衛は車座に近づこうとした。

「いや、在郷の寄合だ。城下のもんは関係ない。遠慮してもらわんといけねえべ」

門左衛門が躊躇いを示すと、

「それでも、こちらに御公儀のお役人さまがおられますよ。椿平九郎さまが」

たじろぐことなく勘兵衛は返し、車座は遠慮しますと、平九郎の横に座った。その図々しさは不快感を通り越し、愛嬌《あいきょう》さえ感じさせた。それでも、門左衛門が反論しようとしたのを奉天が制し、

「よかろう。恵比寿屋は城下一の商人、総年寄として水瀬家中にも昵懇《じっこん》の間柄の方々が多い。勘兵衛を通じて我らの考えを城中に喧伝《けんでん》してくれるのは好都合というものだ」

余裕たっぷりに受け入れた。

「ありがとうございます。何しろ商人と申しますのは、耳聡《みみざと》くなければなりませんからな。土産も持参しましたので、ひとつよろしくお願いしますわ」

勘兵衛は立ち上がって観音扉を開けた。恵比寿屋の風呂敷包を背負った奉公人がぞろぞろと入って来た。勘兵衛の指示に従って本堂の隅で風呂敷包を広げる。いくつもの重箱や瓶《かめ》が現れた。重箱には握り飯や煮しめ、瓶には酒が入っていると勘兵衛は言った。

「好意はありがたく受けるが、まずは話が先じゃ」

奉天が受け入れると勘兵衛は奉公人たちには外で待つように言った。呆れるような目で平九郎は勘兵衛を見返したが、本人は全く意に介していない。奉天といい、勘兵衛といい、したたかで一筋縄《ひとすじなわ》ではいかない男たちだ。

奉天は勿体をつけるように空咳をひとつしてから、

「水瀬家五万三千石、今まさに存亡の時を迎えておる。みなも承知の通り、ご藩主駿河守さまが家老方により、押し込めにされた。ところが、殿の側用人星野格之進殿はこれを不服とし、国家老村上掃部輔らによる御家乗っ取りの策謀《さくぼう》だとして評定所に訴え出た。この訴えを御公儀はお取り上げになり、これから吟味が始まる。一方、村上らは既に新藩主として御老中栗原佐渡守さまの甥御である直参旗本綾野誠之助さまを迎える手筈を整えておった。みなもよく存じておるように駿河守さまに政の落ち度はない。村上らが言い立てた放蕩三昧の暮らしで政を顧みずというのは真っ赤な嘘であり、御老中の甥を新藩主に迎えることを鑑みれば、村上らの御家乗っ取りは明らかである」

奉天は言葉を止め、自分を丸く囲む庄屋たちをぐるりと見回した。庄屋たちの間からは息が漏れたり、咳込んだりしたものの、誰も言葉を発しようとはしない。みな、お互いの反応を窺い、奉天の顔色、そして離れて座す平九郎の耳目《じもく》を気にしているようだ。

それを察した奉天は、

「このこと、ご陪席《ばいせき》頂いた椿殿はよくご存じである。我らに同心くださっておる」

いつのまにか味方ということにされてしまった。平九郎が、

「拙者、役目によりご領内を調べに参った。領内の様子をこの目で見、この耳で確かめ、評定一座の方々に報告したいと存じます」

無難な答えをすると、

「いかにも、我らの声を聞き届けて頂こう」

奉天は声を励まし一呼吸置いてから、

「新藩主として村上らが迎えようとする栗原佐渡守の甥、当然のこと栗原の政を踏《とう》襲《しゅう》するつもりでござる。すなわち、年貢は検見法を採用する予定であるぞ」

庄屋たちがどよめいた。

「そら、きついべ」

「検見は勘弁《かんべん》じゃあ」

たちまちにして検見への拒絶の言葉が飛び交う。横目に勘兵衛を窺うと無表情で正面を向いていた。

門左衛門が、

「検見を採用されたんでは、わしら、難儀をする。新しい藩主さまは、ほんとに怖いお殿さまだんべえ」

一同の不安を煽り立てるように言い添えた。庄屋の一人が、

「ほんで、どうする。まさか、一揆でも起こすべえか」

門左衛門に問いかけると、

「そのために、奉天先生がみんなを呼んだのだわ。先生はええこと勘考《かんこう》してくださるでな」

門左衛門は頼もし気に奉天に視線を預ける。

「わしはな、新藩主受け入れ反対の声を上げる。一揆も辞さずじゃ。老中栗原佐渡守と家老村上掃部輔の横暴を叫び立てるつもりじゃ。ついては、みんなも腹を括ってく

れ」

激するのではなくあくまで静かな口調で奉天は説いた。

「やるべえ」

門左衛門が右の拳を突き上げる。

「おお、やるぞ」

応じる庄屋が出てきた。

それでも、

「ほんでも、一揆は御法度《ごはっと》だ。わしら、打ち首だんべえ」

及び腰になる庄屋もいる。

当然それに同調する者も現れた。

「何を言っとる。打ち首が怖くて百姓が務まるか」

威勢のいいことを言う庄屋も出てきた。一揆に賛成、反対の意見が衝突し、寄り合いの場は膠着《こうちゃく》状態となった。車座が崩れ、胸ぐらを摑んで、睨み合う者たちも出る始末で、

「静まれ」

と制する奉天の声も彼らの耳には届かない。黙って見ていた勘兵衛だったがすっく

と立ち上がり、

「ここらで、一休みなさってはいかがでしょう。お腹も空いてまいった頃合いではございませんか」

と声をかけると、

「そうじゃな。腹が減ると、余計にいきり立つもんじゃ」

奉天も応じ、水入りとなった。

勘兵衛が外で待つ奉公人たちを呼び、弁当の支度をさせた。さすがに酒を口にする者はいなかったが、口論でいきり立った場の空気が和んだ。

「どうぞ」

勘兵衛に平九郎も小皿に載せられた握り飯を勧められた。食べるか迷っていると、

「握り飯でございます。過度な接待とは申せますまい」

勘兵衛はにこにこと笑った。

平九郎とても、四角四面で融通が利かないようでは、役目にならないと思い、握り飯に手を伸ばした。一口食べると、空腹が呼び起こされた。夢中で食べ、勘兵衛が勧める煮しめにも箸を伸ばす。甘辛く煮込まれた牛蒡《ごぼう》が塩味の握り飯によく合う。

庄屋たちも、腹が満ちると強張った表情が緩んでいった。

「畑野さまは、おくつろぎでございましょう」

勘兵衛は畑野のことを持ち出した。きっと畑野のことだ。今頃は過剰な接待を受け、臆面もなく楽しんでいることだろう。

それを聞き流し、平九郎が握り飯を食べ終えたところで、

「ならば、御一同、話を再開すると致そうか」

奉天が声をかける。

門左衛門が、

「これからは、みなの意見をはっきりとさせた方がええ。賛成の者と反対の者、今の時点で分かれてみようではないか」

と提案し、奉天を中心に左側に賛成、右側に反対の者が座ることにした。庄屋たちはぞろぞろと移動を始める。お互いの顔色を見、そして中には平九郎を気にしている者もいた。奉天は目を瞑り、腕を組んでじっとしている。

やがて、左右二つに分かれた。

一揆賛成が十五人、反対が十六人である。門左衛門は賛成の方に座っていた。奉天が、

「わしは当然のこと、賛成であるから十六対十六ということになる。賛否両論真っ二

つということじゃな。よし、恵比寿屋、その方はどっちだ」

と、勘兵衛に問い質《ただ》した。

「手前はお百姓衆ではございません。意見を差し挟むなどおこがましいものと遠慮申し上げます」

慇懃《いんぎん》に勘兵衛は答えを辞した。

「じゃが、この寄合の場に出たいと申したではないか。今更、知りませんは通じぬぞ」

奉天に追及されても、

「手前は食事の差し入れをしに来たのでございます」

悪気なく勘兵衛は答えた。まったく、食えない男である。しかし、それで引き下がるような奉天ではない。奉天はにたりと笑い、

「年貢米を扱う米問屋であるからには年貢の取り立て方が定免なのか検見なのか、大いに気になるところではないか」

「それはそうでございますが……」

勘兵衛は言葉を詰まらせた。

「検見によって城下に出回る米はどうなる。そなたら米問屋は城下ばかりか大坂の米

市場でも売り捌《さば》いておろう。扱う米の量が毎年、変わっては、商いは博打《ばくち》となろうぞ。おまけにじゃ、年貢をむしり取られた百姓どもが暮らしに困窮し、城下の米問屋を打ち壊しに赴くかもしれぬ。それでもよいか」

嵩《かさ》にかかって奉天は責め立てた。

困惑していた勘兵衛であったが、

「そんなことがあってはならぬと手前は思います。新藩主さまが検見を導入されるのは確かなのでしょうか」

「間違いない」

一瞬の躊躇いもなく、奉天は答えた。

「手前の耳には届いてまいりません」

勘兵衛は抗った。

「届いていないからと申して、新藩主が取り入れぬことにはならぬ」

奉天も引かない。

しばらく睨み合いが続いてから、

「御公儀や藩主さまに逆らって商いできるものではありません。ですから」

勘兵衛は立ち上がると一揆反対の側の末席に連なった。一同の間からため息が漏れ

た。次いで勘兵衛が、

「これで賛成十六人、反対十七人ということになりましたな」

と、冷静に呟いた。

「いかにもその通りじゃ」

奉天は事実を受け止めた。

すると門左衛門が、

「何も、この場で決めることではない。ここに集まっとる村以外の村々の意見も聞かんと、事は決まらんべえ」

と、賛成派に向かって言った。賛成派の中にはうなずく者もいたが、弱気になっている庄屋もいる。

勘兵衛が、

「奉天先生、失礼ですが、先生は今晩の寄合で一揆すべしの意見を取りまとめ、それを各村に伝えて領内全てを一揆という意見に傾けようとお考えになったのでございましょう。ほんでも、目論見が外れてしまったというわけですな」

痛いところを突かれ、奉天は渋い顔をしつつも、

「いかにもその通り」

と、勘兵衛の考えを受け止めた。門左衛門は勝ち目がないと思ったのか、横を向いている。

「ほんでは、穏便《おんびん》に新藩主さまを迎えるということでございますな」

結論は出たとばかりに勘兵衛は笑顔を浮かべた。

奉天はかっと目を剝き、目の前にある握り飯をむんずと摑んだ。次いで、口を大きく開けると握り飯にかぶりつく。むしゃむしゃと咀嚼《そしゃく》し、やがてうつむいた。

この男、何をするつもりだ。

平九郎は奉天の行動を見守った。変幻自在、智謀湧くが如しと格之進が評した奉天の次なる一手は何だ。

みなが、注視する中、奉天の肩が震え、嗚咽が漏れた。奉天はがばっと顔を上げた。なんと、奉天の双眸は真っ赤に充血し、頰は滂沱《ぼうだ》の涙で濡れている。そして、口髭には米粒が付いていた。みなの中には驚きと戸惑いの声が交わった。

奉天はもう一口、握り飯を頰張ると、声を放って泣き始めた。

唾《つば》と共に米粒が飛び散る。

ひとしきりむせび泣き、大きくしゃくりあげてから、

「美味い……」

と、一言発してから天を仰いで絶句した。

次いでみなをゆっくりと見回し、

「美味い、実に美味い米だ。厚木の大地と百姓たちが育《はぐく》んだ至上の味わいぞ。わしはな、この地に来て四年にしかならぬが、百姓たちと荒れ地を開墾した時の汗が染み込んだ田で収穫される米一粒一粒に深い慈愛《じあい》と感謝を抱かずにはおれんのだ」

庄屋たちは困惑している。

「この米、一粒一粒に厚木の百姓たちの思いが込められておるのじゃ。のう、三助《さんすけ》、吉次郎《きちじろう》、亀《かめ》」

百姓たちの名前なのだろう。一人、一人の名前を奉天は呼び始めた。

次いで、

「そんな大事な年貢、果たしてお城の者はわかっておるのかのう」

と、奉天は腹から絞り出すような声で嘆いた。

みな言葉を返せないでいると、

「大切な米を年貢としてしか見ることができぬ者に取り立てられるだけでいいものか」

奉天は絶叫した。

さては泣き落としかと平九郎は奉天の過剰すぎる芝居に辟易《へきえき》とした。

それでも反対派の中には気持ちを揺さぶられた者もいる。面を伏せて涙を滲ませている者も出始めた。そうした連中の一人から、

「そうだ。先生には感謝している百姓は多い。先生はわしらと一緒に荒地を耕し、稲を植え、稲刈りを手伝ってくれた。お城のお役人でそんなことをしてくれる人はいねえ」

それを受けて、

「先生は病にかかった百姓を治療もしてくれた。みんな、先生には感謝してるよ」

しばらく、奉天への賛辞が並んだ。なるほど、庄屋たちの話を聞くと、奉天が決して口先だけの男ではないとわかる。共に汗を流し、笑い、泣いたというのは偽りではないようだ。旅の途中で見た剣の腕も中々である。

場の空気が変わろうとしている。

すると勘兵衛が、

「先生やみんなの気持ちは痛いほどわかりますよ。でもね、だからって一揆は御法度なんです。みんな、首を刎《は》ねられますよ。そうしたら、米を作るどころじゃない。死罪を賜《たまわ》った親族まで処罰されるんですからね。早まった考えは禁物です」

いかにも冷静になれと勘兵衛は言いたいようだ。

これが水を差すと思われたが、

「そうだ。恵比寿屋の申す通りである。軽挙妄動は慎まねばならん」

庄屋たちを煽っておいて奉天は勘兵衛の意見を受け入れるが如き発言をした。これには、門左衛門も目を白黒とさせた。

すると奉天は、

「一揆の責任はわしが取る。すなわち、願い人にはわしがなろう。みなにはお咎めがないようわしが段取る」

すかさず勘兵衛が、

「そんな甘いものではございますまい。御公儀は奉天先生お一人を処罰して一件落《らく》着《ちゃく》にはなさいませせぬぞ」

「心配ない。わしにはな、椿平九郎殿がついておる」

突如として水を向けられ平九郎は言葉を詰まらせてしまった。

「わしらの願いは椿殿が聞き届けてくれる。すなわち、村上掃部輔らと老中栗原佐渡守が仕組んだ御家乗っ取りということを評定の場で明らかにしてくださるのじゃ」

奉天は言うと門左衛門が、

「お願い致します」

と、両手をつく。

「みな、椿殿にお願いしようではないか」

奉天も率先《そっせん》して平伏した。

「わたしは領内の実情を調べ上げにまいったのだ」

やっとのことで口に出すと、

「これが領内の実情じゃよ。のお、みんな」

奉天は声を励ました。みな、一斉に頭を垂れる。反対派も頭を下げていた。

「声は聞くが、それは」

平九郎は公平であらねばならないと思ったが、そもそもの役目は藩主元昌の善政を調べ、村上らの押し込めを不当なものとする証を得ることであった。

平九郎の逡巡《しゅんじゅん》を見透かした奉天は、

「椿殿はしかとした証を求めておられるぞ」

と、連判状《れんぱんじょう》を用意すると自らを願い人とし、参加した百姓たちは丸く名前を記し、血判《けっぱん》を捺させた。

勘兵衛は加わらないと強く拒む。

「ならば、他の村の者にもこれを示そうではないか」

　奉天は言った。

　一同、気勢を上げた。勘兵衛が苦虫を嚙んだような顔になった。平九郎を向いて、

「椿さま、どうなっても知りませんよ」

　捨て台詞を残して本堂から出て行った。

　本堂では勘兵衛が差し入れた酒が飲まれ宴が張られた。平九郎は奉天にまんまと利用されてしまった。それでも、元昌押し込めが不当だという証言は得られた。

　奉天が領内の百姓をまとめ、村上たちの非どころか、自分の甥を藩主に送り込もうという栗原佐渡守の企みを弾劾する訴状は吟味に大きな影響を及ぼす。

「さあ、椿殿も一杯どうじゃ」

　奉天が瓶を持って来た。瓶の中に柄杓《ひしゃく》を突っ込み、汲み上げた酒を平九郎に向ける。

　平九郎はそれを受け、ごくりと飲んだ。

「我ら、友ぞ」

　奉天は大きな声を放った。

　応じずに黙っていると、

「我ら、勝利は疑いなしじゃ」

顎を指先でこすりながら奉天は雄叫《おたけ》びを上げた。絶叫がじょりじょりという無精鬚がこすれる音をかき消す。庄屋たちも浮かれ騒ぎ始めた。

意気軒昂な奉天と奉天に踊らされる庄屋たちを見ていると、平九郎の胸に暗雲が立ち込めた。

五

勘兵衛は恵比寿屋に戻り、一部始終を園田右京に報告した。

「天堂奉天、とんだ食わせ者と思っていったが、さすがに策士よのう」

園田は忌々しそうに唇を強く噛んだ。

「このままではまんまと奉天の思う壺となりましょう」

勘兵衛は危機感を抱いた。

「椿平九郎という男、実直が取り柄のようだ。その実直さゆえ、人を信じ過ぎるところもあろう」

園田は言った。

「こう申してはなんでございますが、同じ評定所の仕事をなさる方でも畑野さまとは大違いでございます」

　勘兵衛は苦笑を漏らした。

「さて、こう歯軋《はぎし》りばかりしておってはなんもならぬ。こちらも策を講じねばな」

「栗原さまのご威光におすがりするばかりではいけませぬな」

「当たり前だ」

　返事をした園田も自戒《じかい》の念を抱いた。もし、奉天の訴えが評定所で取り上げられ、吟味をされれば、栗原とて失脚するかもしれない。そうなれば、自分も破滅だ。

「始末しますか」

　勘兵衛が言った。

「おまえ、商人のくせにつくづく血生臭《ちなまぐさ》いことが好きじゃな」

　園田の眉間に皺が刻まれた。

「園田さま、しかし、ここが切所《せっしょ》でございますぞ。天堂奉天の口を塞がぬことには、我らは滅びます」

「そなたに言われずともわかっておるわ」

「ならば、躊躇う必要はございません」

「しかしな、今、あいつを斬れば、椿が不審がるであろう。それにな、天堂奉天、中々の手練じゃ」

「手強いかもしれませんが、一服《いっぷく》盛れば大丈夫です。亡骸《なきがら》をわからぬように始末すれば、よいのです」

園田の決意を促すように勘兵衛は膝を進めた。

「ならん」

きっぱりと園田は却下《きやっか》した。

「三度叩きの右京さまゆえ、慎重になられましょうが、勝負どころでは賭けも必要でございます」

「いかにも、堂島《どうじま》の米投機《とうき》で大儲けをしたそなただと思うが、敵も使いようだ。ここは、奉天を生かす方法を考えるのだ」

「どのようなことを」

「こちらの手の内に入れる。つまり、寝返らせるのだ」

「そんなことができましょうか。先だって申しましたように、奉天先生に翻弄《ほんろう》されるに決まっております」

とても奉天を懐柔《かいじゅう》することなどできるとは思えないと勘兵衛は頰を強張らせた。

「できる。そなたが申したように、あ奴はひたすらに名を挙げることを第一と考えておる。そのこと、一揆の企てでわたしにもよくわかった。自分を登用してくれた駿河守さまに感謝をしておるが、もっと、大きな舞台でこそ己の真価が発揮できるものだという思いも抱いておるに違いない」

「ならば、水瀬家中の重役に取り立て、加増なさるということですか」

勘兵衛の問いかけに、

「いいや、それでは、奉天は領民に対する裏切り者の烙印《らくいん》を捺され、奉天は己が名の穢《けが》れを受け入れまい」

「では、どのような」

「栗原さまに召し抱えてもらうのだ」

「評定も開かぬうちに頼みにくいと園田さまは申されたではありませぬか」

「最早猶予はならぬ。老中の侍講《じこう》となり、かつての新井白石《あらいはくせき》の如く、御公儀の政にも大いなる腕を振るうことができると誘ってやれば、あいつは必ずや心動かされる」

「栗原さまは御承諾なさいましょうか」

「承諾して頂く。栗原さまとて、己が身が危《あや》ういとなれば、承諾せざるを得ない。奉天の企み、すなわち栗原さまを陥《おとしい》れる奸計が明らかとなった以上、栗原さまはわたしの申し出を受け入れてくださる。殿の隠居が決まり、新藩主を迎えることになった暁《あかつき》に、栗原さまが奉天をいかに処遇されるかは我らの関わることではない」

「天堂奉天、老中の侍講として天下の政に参画できるとなれば天にも昇る心地となりましょう」

勘兵衛はにんまりとした。

「ならば、早速、奉天を訪ねるぞ」

園田は勘兵衛を促した。

「今からでございますか」

不満顔の勘兵衛の尻を叩くようにして立ち上がった。

六

平九郎は旅籠に戻った。

女中に確かめ畑野の部屋を訪ねると、まだ帰っていない。きっと、今夜も水瀬家中の者たちの接待を受け、どこかの料理屋でいい具合に浮かれているのだろう。

「困った御仁だ」

吐き捨てるように言うと、自室に戻ろうとした。すると階段から賑やかな声が聞こえてきた。

畑野である。案の定、畑野は今夜も厚木藩の者に送ってこられた。

今頃は勘兵衛から城内に天堂奉天の動きが伝えられているはずである。果たして、どうなるのだろうか。厚木藩の反元昌派とて指を咥《くわ》えてはいないだろう。

平九郎の危惧が実現する動きは、園田と勘兵衛によって叶えられようとしていた。

二人は蓮妙寺の離れに住まいする天堂奉天を訪ねた。真夜中にもかかわらず、離れ座敷の蠟燭の明かりに照らされた奉天の影が映っている。

「先生、夜分畏れ入ります。恵比寿屋でございます」

濡れ縁に上がり勘兵衛が声をかけると、

「おお、入れ」

奉天の嗄《しわが》れ声が聞こえてきた。

失礼しますと、勘兵衛は障子を開けた。奉天は文机に向かって何やら書き物をしていた。蠟燭の明かりに奉天の顔が鈍《にぶ》く映る。

園田も一緒なのを見て、

「これはこれは、出世頭殿ではござらぬか」

奉天は皮肉たっぷりに語りかけた。

園田は聞き流し、

「奉天先生に是非ともご教授願いたいことが生じましてな」

と、奉天の前に座った。

「ほう、教授とは殿さまの隠居のさせ方でも指南せよとでも申すか」

奉天は笑った。

「これは手厳しい。ですが、先生より、御公儀開闢以来の押し込めの事例を教わりましたぞ」

園田が言うと、

「それはあくまで学問としての講義であったぞ」

「学んだものは生かさねばならぬとも先生はおっしゃりましたな」

園田は言った。

「右京、その辺でよい。なんの用だ」

右京と呼び捨てにされ、園田はムッとした。しかし、奉天からすれば弟子の一人としかみなしていない。

「優れた先生ゆえ、この厚木の地で埋もれさせたくはございません」

「おまえら、殿を追い出し、それだけでは足りず、わしも厚木の地から追い出すつもりじゃな」

「追い出すなどとは人聞きが悪うございますぞ」

「言葉を飾るのは無意味だ」

奉天は鼻を鳴らした。

「ならば、申しましょう。先生、新井白石になりたくはございませんか」

「わしは新井よりも大いなる学識と才を持っておる。既に新井を超えておるのだ」

全く動じないどころか奉天は己を誇った。

園田は含み笑いを浮かべ、

「なるほど、学識はそうでありましょう。ですが、学識にふさわしい処遇がなされてはおられんとはお思いになりませんか」

「おまえに言われたくはない」

「先生の学識、才、ここで埋もれさせては天下の損失でございます。そこで、是非とも先生に役立ってもらいたいと、高く評価しておられるお方がございます」

勿体をつけるように園田は言葉を区切った。

「老中栗原佐渡守か」

奉天は目を剝いた。

「さすがは先生、お見通しですな」

「当たり前じゃ。わしを誰だと思っておる。栗原はわしを取り込もうとしておるのだろう。今回の御家騒動を無事に乗りきるまで、わしに大人しくしてもらいたいのだな」

「たとえ、そうであっても、先生、領民を一揆に誘い、立ち上がれば死が待つばかりでござる。それよりは、栗原さまの侍講となり、天下の政を動かすことができれば、その方がよいとは思われませぬか。最初は佐渡守さまより不当な扱いを受けたとしましても、先生の学識はやがて評価され、重用されるようになると存じます」

弁舌爽やかに園田は語り終えた。

「うまいことを申しおって」

失笑を漏らし、奉天は肩をすくめた。

「お考えくださりませ」

園田は膝を進める。

「条件を提示してもらわねば、検討のしようがない」

突き放したような物言いを奉天はした。

「ここに佐渡守さまからの覚書がござる」

園田は一通の書付を差し出した。

奉天は一瞥《いちべつ》して園田に返し、

「これでは、何もならぬな。よいか、条件だ。禄は千石、役職は侍講兼重役、それを栗原佐渡守さまの名と印判をついて頂戴したい。でないと、検討のしようがないな」

勘兵衛が薄笑いを浮かべた。分《ぶん》をわきまえろとその顔には書いてある。

「お説、ごもっともですな」

園田は承りましたと頭を下げた。

「話は済んだな。返事は十日以内にくれ。梨《なし》の礫《つぶて》では、断られたと判断する。よいな」

奉天は強気の姿勢を崩さなかった。

園田は腰を浮かした。勘兵衛が、

「先生は、金で動くようなお方ではないですから、お金の話は持ち出しませんでしたが、やはり、地位や力には興味を持たれるのですな」

「これだから愚か者とは話をしたくないのだ。よいか、力も地位も手立てにしか過ぎぬ。それを、目的と勘違いする者が世の中には多いものよ。そんな者どもは政を誤り、民を苦しませるのじゃ。わしは理想の政を行うために地位と力を得たいのじゃ」

顎を指でこすり奉天は無精鬚をじょりじょりと鳴らした。

「それはそれは、失礼致しました。では、御老中さまの下で、先生の理想を果たしてくださりませ」

恭《うやうや》しく勘兵衛は頭を垂れた。

離れ座敷を出てから、

「あの男、どこまで本気なのでしょうな」

勘兵衛は鼻白《はなじろ》んだ。

「眉唾《まゆつば》と申すか」

園田が問う。

「園田さまはそうは思われませぬか」

おやっというように勘兵衛が問うてくる。

「わたしはあの男、本気であると思う。今はな。わたしとても、かつては同じ気持ち、志を抱いたものだ。そして、今でも思っておる。藩政を動かし、自分が思う政を行いたい。領民の喜ぶ顔も見たい。それにはな、藩政を担うことができる立場にならなければならぬ。これが藩主であれば、政を行う苦労を味わえばよかろう。しかし、家臣の身、しかも政に参画できない平士の身であれば、政を行うことができる地位を目指さねばならぬ。つまり、力と地位を得なければならぬのじゃ。目指すうちにそれが目的となってしまうのじゃ」

園田は淡々と述べ立てた。

「おっしゃることはわかりますな」

勘兵衛がうなずく。

「考えてみれば、わたしと奉天は似ておるのかもしれぬな」

園田は笑った。

初秋の夜空に星が流れた。勘兵衛が思わず手を合わせ願《がん》を掛けた。祈りを終えてから、

「おや、お祈りにならないのでございますか」

「流れ星に願ったところで、願いが叶うものか」

冷たく園田は言い放った。

「手前とて、信心深くはありませんわ。ただ、願掛けはただですのでな。ご利益があるかどうかわかりませんけど、祈って叶うのでしたら、なんでもお祈りします。ただ

ですからな」

勘兵衛は笑った。

「商人はそれくらいでないと駄目か」

園田も否定はしなかった。

「ともかく、御老中さま、承知くださるでしょうか」

「してくださる。天堂奉天、あ奴はしたたかなれど、できる男だ。栗原さまも召し抱えて損はない。千石の値打ちはある」

園田は言った。

第五章　評定の行方

一

　平九郎は領内を歩き回り、領民たちの声を聞いた。領民たちは奉天の呼びかけに応じて一揆だと騒ぐ者もいるが、どうしていいのかわからないといった者たちが大半のようだ。ただ、年貢取り立てが検見法になることには総じて抵抗を示した。

　稲刈りを終えた田は稲藁《いなわら》が残り、案山子《かかし》が色なき風に揺れている。秋が深まり、めっきり日が短くなった。秋の日は釣瓶落《つるべお》とし、夕日を受けた地蔵の顔が茜《あかね》に染まったと思うと、あっと思う間に日が暮れゆく。

　奉天は目立った動きを見せていない。

長月の十四日の昼下がり、三輪田村の蓮妙寺を訪ねると離れ座敷の濡れ縁に奉天は座っていた。平九郎に気づくと、

「よお、友よ」

と、右手を挙げた。

軽く頭を下げ奉天に近づく。

「まあ、座れ」

奉天に勧められ、濡れ縁に上がると横に座った。

「まことに一揆など起こすおつもりですか」

平九郎の問いかけに、

「おお、一揆を起こすぞ。新藩主を迎えるわけにはいかん」

傲然《ごうぜん》と奉天は言い放った。

「一揆など起こさずとも、評定の場で訴えればよろしかろう。一揆を起こしては、奉天殿は死罪を免れません」

平九郎の忠告を、

「だから申したではないか。わしは死を恐れてはおらんとな」

「奉天殿の思いはわかります。しかし、奉天殿の思いに領民を引きずり込んでよいも

のですか。多くの領民は日々平穏に暮らすことを望んでおるのではないのですか」

「平穏な暮らしを迎えるために戦うのじゃ」

　奉天は語調を強めた。

「わたしには奉天殿が無理に戦いを起こそうとしておられるようにしか思えませぬ。新藩主さまが栗原さまの甥としましても、検見法を導入するとは限りません。新藩主さまのお考えを聞く前に無闇と領民を煽り立てることなど無謀《むぼう》と思います」

　平九郎は毅然と反論した。

「なるほど、検見は導入されるかどうかはわからぬ。だがな、駿河守さまが隠居させられようとしておるのだ。駿河守さまが隠居されては、これまでの改革は水の泡。領民たちも昔の暮らしに戻る。検見法はともかく、ひたすら過酷な年貢取り立てに喘《あえ》ぐ暮らしに戻るのじゃ。そうなることを望む者はおらん。平穏で豊かな暮らしを求めるのなら、戦って勝ち取らねばならんのだ」

　声を荒らげることもなく淡々と奉天は語る。

「戦いは評定の場で行えばよろしい。領民までも巻き込むことはないではございませんか」

「それでは、栗原を後ろ盾とした村上らの術中に嵌《はま》ってしまう。駿河守さまの悪政を担った者としてわしは断罪されるに決まっておるわ」

「そうならないよう、わたしが責任を持って落合丹波守さまに奉天殿が行ってこられた数々の事績を報告致します。奉天殿の改革に賛同した庄屋たちも証言できるように取り計らいましょう」

ここぞと平九郎は言い立てた。

少しは心が動いたのか、奉天は表情を和らげたが唇はきつく引き結んだ。例によって顎を指先でさすり、じょりじょりと無精髭が鳴る音を聞かせる。

「ひとつ、ご検討くだされ」

平九郎の願いにも奉天は無言だった。


その頃、畑野志摩太郎は恵比寿屋の奥座敷で園田と協議をしていた。

「椿平九郎の調べによりますと、天堂奉天、新藩主迎え入れに反対する一揆を企てておるとか」

危機感一杯に畑野が語りかける。

園田は苦悩の色を深め、

「あの御仁にはほとほと手を焼いております」

「このまま、天堂の誘いで領民が一揆を起こしては、水瀬家は無事では済みませんぞ」

顔を引き攣《つ》らせ畑野は訴えかけた。

「まさか、お取り潰しでございますか」

勘兵衛が問いかける。

畑野は重々しい顔で、

「改易にはならぬだろうが、減封の上に転封であろうな」

園田も、

「わたしも畑野殿の見通しに賛成する」

「なんとまあ、たった一人の浪人上がりの変人のために水瀬家五万三千石が転封となってしまうのですか」

何度も首を左右に振り勘兵衛は嘆いた。

「まあ、そなたはよいではないか。水瀬家が去ったとて、厚木の地に転封となった大名家に出入りすればよいのだからな。商人は逞《たくま》しいものよ」

園田が皮肉まじりに言うと、

「何をおっしゃいます。手前とて商人の矜持というものがございます。累代《るいだい》に亘ってお世話になってまいりました水瀬さまを裏切るようなことはできません。恵比寿屋勘兵衛は男でござる」

勘兵衛は、「仮名手本忠臣蔵《かなでほんちゆうしんぐら》」の天川屋儀兵衛《あまがわやぎへえ》のように見得を切った。

「ふん、芝居がかりおって。そなたが、どのように立ち回ろうと商人の道、好きにすればよい。それよりも、天堂奉天の一揆を防がねばならぬ」

仕切り直したように園田は言った。

ここで、これ以上深入りすることを避けるように畑野は、「失礼致す」とそそくさと立ち去った。

畑野がいなくなってから勘兵衛は軽く舌打ちをし、

「御公儀のお役人さまは逃げ足が早いですな。ま、それはともかく、栗原さまのご返事はいかがでしたか」

「栗原さまは承知をしてくだされた」

園田は答えた。

勘兵衛は頬を緩ませ、

「ならば、奉天先生は栗原さまの誘いに乗るのではございませんか」

「そうだとよいのだが、何しろ、天堂奉天のことだからな。あいつ、何を考えておるかわからぬ」

「ほんでも、梨の礫では、奉天先生、臍《へそ》を曲げてしまわれましょう。御老中さまが先生の条件を呑まれたこと、お伝えした方がええと思いますよ」

「どこまでも疑えばきりがないが、あの男、底なしの沼のようだ」

途方に暮れるように園田は首を捻った。

勘兵衛が、

「畑野さまに頼んで、奉天先生を評定所に呼ばれないようにはできませんか」

「それは難しかろうな。殿の政の実情を知る上で、奉天の証言は欠かせぬからな」

園田に否定され、勘兵衛はふんふんと首を縦に振った。

「ともかく、いま一度、天堂に会ってまいる」

自分を鼓舞するように園田は勢いよく立ち上がった。


園田は蓮妙寺の天堂奉天を訪ねた。

夕七つ（午後四時）、西日差す離れ座敷の中で奉天は書き物をしていた。

「栗原佐渡守からの書状、届いたのか」

奉天はいきなり切り出した。

「ここに」

園田は書付を差し出した。

奉天は一瞥をして、懐の中に入れようとした。それを園田は制して、

「受け取りを頂きたい」

と、強く言った。

「ほう、受け取りか」

鋭い目で奉天は見返す。

「当然でござろう。一方的な約束事であっては、それは成り立たぬものですぞ、奉天先生」

「どうあってもか」

奉天は低い声で返した。

園田は毅然と、

「どうあってもですな、奉天先生。栗原さまも、受け取り証文がない限り、その約束事は反故《ほご》にするとのお考えです。栗原さまの申されることが理に適っておるとわたしも思います」

「ふん、よかろう」

奉天は受け取りを書き記し、園田に手渡した。園田はそれを一瞥し、

「それと、もうひとつござる」

園田はこほんと空咳をした。

もう一通は、奉天に一揆を扇動しないことの誓約書であった。

「なんじゃこれは」

奉天は顔をしかめた。

「ご覧になった通り、一揆を扇動せぬことの誓約書です」

「そんなことはわかっておる。これを何故わしが書かねばならぬのだ。よいか、これを書かせるということは、わしを信用しておらぬと申すことと同じだぞ」

奉天は熱り立った。

「そうです、先生をわたしは信用しておりません」

すまして園田は答えた。

「なに」

奉天が腰を浮かしたところで、

「はっきり申しましょう。駆け引きはなしでございます。誓約書は奉天先生がはっきりと我らの側についたということの証とするものでござる」

園田は言った。

「はっきりと申すものよ」

奉天は鼻で笑ったものの、浮かした腰を落ち着けた。

「先生は信用の置けぬ方。その才と学識を頼ることはできても、お人柄は信用できませんな。そんなお方に我らは命を託さねばならないのですぞ。まるで、谷間に架けられた丸太の橋を渡るようなもの。ですから、先生にも腹を括って頂かねばなりません」

園田は視線を凝らした。

奉天は黙り込む。

じりじりとした時が流れてゆく。奉天の指先が顎をこすりじょりじょりと無精鬚が鳴る音ばかりが耳につく。

「いかに」

園田は迫った。

奉天の指先が顎から離れ、じょりじょりという音がやんだ。

「よかろう」

奉天は誓約書への署名をした。それを園田は受け取って、

「ありがとうございます」

懇懃に頭を下げた。

「これで、満足か」

奉天は言った。

「いいえ」

園田は引かない。

「欲深い者よな。この上何が欲しいのじゃ。まさか、わしの首か」

奉天は笑った。虚勢を張るかのような高笑いである。

「まさしく、その通り」

園田はうなずいた。笑いを止め、奉天は見返す。

「斬られては栗原佐渡守への仕官はできなくなる。栗原とても本望《ほんもう》ではあるまい。どうじゃ」

強気になって奉天は反論した。

すると園田は無表情のまま、

「先生の生首《なまくび》などはいりませぬ。先生に辞表を書いてもらいたいのです」

「なるほど、わしと水瀬家の関係を断つということじゃな。手回しのいいことよ」

薄笑いを浮かべると奉天は懐紙で鼻をかんだ。

「先生、お願い致します」

静かに園田は願い出た。

奉天が黙っていると、

「むろん、先生には御家に尽くしてくださった功労金を差し上げます」

「ほう……」

奉天は生《なま》返事だ。

「先生、よろしくお願い致します」

承知しないうちには去るまいと園田は奉天ににじり寄った。

「わかった」

承知すると、吹っ切れたように奉天は辞表をすらすらと書いた。

「これで、水瀬家とは無縁でござりますな。先生、どうぞ、ご自愛ください」

両手を膝に置き、園田は頭を下げた。

「しゃあしゃあと抜かしおるわ」

奉天はにやっとした。

「では、これにて」

園田は座を掃い、座敷を出ようとした。

「早く、江戸に出られ、栗原さまの上屋敷を訪ねられたらよろしいと存じます」

余計なことですが、と園田は言い添えた。

「余計なことじゃな」

奉天は文机に向かった。

園田が去ってから門左衛門が離れ座敷に入って来た。

「園田さまが来ておりましたな」

門左衛門が言うと、

「まったく、食えぬ男よ」

奉天は吐き捨てた。

「食えぬお方の先生が言われるのですから三度叩きの右京さま、相当ですな」

門左衛門はどうしたのだと目で問いかけた。

「園田にな、水瀬家から辞することを約束させられてしまったぞ」

「一揆はどうなるんですか」

「起こせるはずなかろう」

「では、先生は厚木を出て行くんですか」

「おお、老中栗原佐渡守に仕えるぞ」

「そんな……、先生、わしらを裏切るんですか」

当惑し門左衛門は声が裏返った。

「そういうことになるな」

奉天は平然としている。

「そんなことでいいのですか。散々、わしらを焚《た》きつけておいて……。二階に上げて梯子《はしご》を外すようなものではありませんか。よくも平気でできるもんですな」

怒りを通り越し、門左衛門は呆れ返った。

「許せとは言わん。あした、みなに詫びる」

「謝って済むことと違いますわ。先生、みんなから殺されますぞ」

門左衛門は顔をしかめた。

「そうじゃろうな」

まるで他人事だ。

「どこまでも惚けたお方ですわ。先生は」

「みなを集めろ。明日の宵五つ、蓮妙寺の本堂にな。で、わしの送別会を開いてくれ」

「本気でおっしゃってるんですか」

「わしは、逃げも隠れもせんぞ。ちゃんとみなにわしの考えを述べる」

堂々と奉天は返した。

二

園田は城内の一室で国家老村上掃部輔に経緯を報告した。

「天堂奉天の方、どうにか押さえ込んでまいりました」

園田は村上に奉天と会った経緯を語った。

「そうか、でかした。これで、奉天のことは安心だ。あの男、何を考えているかわからん、いかにも不審なる男だ。これで、大人しく厚木領内を出て行ってくれれば、まったく問題はなくなったわけだ」

村上は安堵した。対して園田は表情が硬い。

「どうしたのだ」

村上が訝しむと、

「もうひと押しすべきと思います」

園田は言った。

「何をすればよい。ひょっとして、天堂を殺すか」

「それなら、わざわざ、栗原さまの承諾を得る必要はございません」

「それもそうだな。では、力ずくで領内から追い出すか」

「追い出すというよりは出て行かせるのです」

「水瀬家との関係を断っただけでは出て行かぬということだな」

「いかにも」

「ならば、なんとする」

「ご家老の名前で年貢の減免を触れるのです」

「なんだと」

村上は身体を仰《の》け反《ぞ》らせた。

「年貢減免です。今年だけでよいのです」

園田は言い添えた。

「そうか、すると、奉天の面目は丸つぶれということじゃな」

「そういうことです。新藩主が決まれば、検見法が採用されると、奉天は庄屋どもを煽っておりました。検見法が採用されないどころか、年貢は減免されるとなれば、一揆を起こすことはなくなるどころか、奉天は嘘つき呼ばわりをされることになります。誇り高い奉天は嘘つきの汚名を着ることになり、囂々《ごうごう》たる非難を浴びせられて、石もて厚木領から追われることになりましょう」

「なるほど、妙手《みょうしゅ》というものだな。よし、年貢減免をしよう。領民はこれで、安心して暮らせるというわけだ」

村上は盛んに感心した。

「ならば触書《ふれがき》、早急に準備をお願い致します。そして、領内の各村に触れてくださ い」

「むろんのことだ」

村上は言った。

「これで、いよいよ評定が始まれば、我らの勝ちは間違いなしです」

園田は言った。

「承知した」

村上は直ちに触書の作成にかかった。

三

平九郎が旅籠の部屋で報告書をしたためていると、

「失礼致します」

畑野が入って来た。

「領内、収束へ向けて動き出したようです。一揆の兆《きざ》しはございませぬ」

畑野の楽観した見通しに、

「収束とは申せないと思います。油断はできません」

平九郎は反論した。

「ところが、お城より家老村上掃部輔殿の名前で年貢減免の触書が出るのです。そうすれば、検見法により、年貢増を嫌う領民たちは安堵します。一揆の熱は急速に冷めていくに決まっておりましょう」

淡々と語る畑野に嘘偽りなどあるはずはない。唖然とした平九郎であったが、

「天堂奉天、このままで引っ込むことはないと存じます」

するると畑野はにやっと笑い、

「ところが、天堂奉天、水瀬家中を離れるのですぞ」

「そんな……。奉天は一揆を扇動しておりましたぞ」

「所詮《しょせん》は表裏の者ということでしょう」

「なるほど、天堂奉天は一筋縄ではいかない策士でございます。ですが、少なくともあの者、領民と共に汗を流し領民のために尽くしたことは確かでございます。その奉天が水瀬家中を去るものでしょうか」

「椿殿、奉天という男の本質まで見たわけではないのでしょう。一度、二度、顔を合わせたとて何ほどのことがわかりましょう。これで、天堂が厚木を去れば、領民の怒りは駿河守さまにも向けられよう」

自信を漲《みなぎ》らせ、畑野は見通しを語った。

「村上一派の思う壺ということですか」

「その言いようはよくはござりませぬが、これで評定の行方は定まったと考えてよいでしょう」

畑野は断じた。

平九郎は書き物に戻った。畑野は部屋から出て行った。

筆が止まってしまう。

考えがまとまらない。天堂奉天の巨眼《きょがん》が浮かんでは消える。

「おのれ」

ついには筆を折ってしまった。

平九郎はそっと部屋を出ると足音を忍ばせ階段を下りた。

真夜中となったが、蓮妙寺の離れ座敷へとやって来た。蠟燭の明かりが障子を照らしている。奉天は起きているようだ。

濡れ縁の近くに寄り、

「失礼致す」

平九郎が声をかけると、

「入れ」

奉天の嗄れ声が返された。

平九郎が足を踏み入れると、奉天は旅支度をしていた。

「奉天殿、これは一体なんの真似でござる」

勢い込んで平九郎が問いかけると、

「おまえ、旅をしたことはないのか。あ、ここまで旅をしてきたのう。ならばわかるだろう。旅支度をしておるのだ」

悪びれることもなく奉天は返した。

「どこへ行かれるのですか」

「江戸へ向かうか。浪々の身に戻ったゆえな」

しれっと答える奉天に、

「御老中栗原佐渡守さまに仕官をなさるのですか」

責めるような目を向けると、

「悪いか」

開き直る奉天に罪悪感などはかけらもない。

「それでも、先生は武士ですか」

つい大きな声を出した。

「わしは学者じゃ。その方こそ、それでも評定一座、落合丹波守の代理か。一方に加担をしていいものか」

「それは屁理屈というものでございますぞ。先生は領民のために汗を流され、領民の暮らしがよくなることを見越されて尽くされたのではないのですか」

いつの間にか目に涙が溜まった。

「まあ、そのように興奮するな」

言いながら奉天は立ち上がると荷を詰めた挟箱を肩に担いだ。

「待たれよ」

「もう、用はすんだ。挟箱を担がせる従者もおらぬ一人旅じゃ」

奉天は右手をひらひらと振った。

「あまりにも無責任ではござらんか」

怒鳴りたいのをぐっと堪え、平九郎は責め立てた。

「なんとでも申せ」

奉天は開き直った。

「先生の真実はどこにあるのですか」

平九郎は奉天の前に立ちはだかった。

「若いの、青臭いことを申すな」

「青臭かろうが、どうだろうが、わたしは人には見失ってはならない真実があるべきだと思います。それがなければ、人は生きている値打ちがないのです」

「わしには根っこがないと申すか。生意気申しおって。わしはな、実績を挙げたのだ。

この厚木の地を困窮の暮らしから立ち直らせたのはわしじゃ」

「ならばこそ、先生は厚木の領民と生死を共にすべきではないのですか。違いますか」

「間違いではない。その通りじゃと思う」

「ならば逃げないでくだされ」

「逃げる……。いかにも、逃げるのだ。でもな、命あっての物種だ」

「命など惜しくはないと先生は申されたではございませんか」

平九郎は言った。

「いかにもそう申した。だがな、わしは新たに命を賭けるに値する仕事を見つけたのだ」

「栗原佐渡守さまに仕えることですか」

「老中に仕え、老中を通じて天下の政に参画《さんかく》する。これ以上の生き甲斐はない」

奉天は胸を張った。

「仕事に命をかけ、やり甲斐を覚えるのはわかります。ですが、そのために駿河守さまを、厚木の領民を裏切ってもいいのですか」

我慢できず、言葉を荒らげた。

「裏切るのではない。わしは天下の政を動かし、やがて厚木の領民にもよき暮らしができるように尽くすのだ」

話は済んだとばかりに奉天は平九郎を押し退けた。平九郎は横にずれた。座敷から奉天が出ようとしたところで、

「おや、先生」

門左衛門が入って来た。

「今度はおまえか」

うんざりとした顔で返す奉天に門左衛門は言葉を発しようとしたが、じきに平九郎に気づいた。

「おや、いかがされましたので」

平九郎に問いかけたところで、

「ならばこれでな」

奉天は座敷から出ようとした。

「待ってください」

平九郎と門左衛門は同時に呼び止めた。

「うるさいな」

奉天は苦い顔で振り返る。

「何がうるさいです」

平九郎は強い口調で返す。

「先生、本当に厚木から去るのではないでしょうな」

門左衛門も責めるように問いかけた。

「いけないか」

最早、奉天は開き直った。

「やめてくださいよ。そんなこと、今更通りますかいな。それに、明日の晩にお庄屋さん方を呼びましたぞ」

門左衛門も抗議の声を上げた。

さすがの奉天も困ったように立ち尽くした。

「それに、先生、大変なことが起きましたぞ」

門左衛門は言った。

「なんじゃ」

「ご家老が今年の年貢は減免するという触書を出されたのです」

「そうか、園田め、次々と手を繰り出してくるな」

奉天は顔をしかめた。

「いかがされるのですか。これでは、一揆熱は一気に冷えきってしまいますぞ」

門左衛門の抗議めいた口調に奉天は、

「最早わしは厚木の地には無用の存在ということじゃ。そうであろう」

奉天は門左衛門を見て、次いで平九郎に視線を転じた。

「だからって、先生、わしらを見捨てるんですか」

門左衛門の必死の訴えに、

「見捨てるも何もな……」

奉天は当惑している。智謀湧くが如しの天堂奉天が窮した。

「見捨てるのではございませんか」

胸ぐらを摑まんばかりに門左衛門は迫る。

「もうよい、わしは出て行く」

奉天は強い口調で言い残すと、さっさと離れ座敷の濡れ縁に出て庭に下り立った。

平九郎と門左衛門は慌てて追いかける。

「先生」

門左衛門が言い、平九郎が前に立ち塞がった。

「これ以上、邪魔をするとわかっておろうな」

　奉天は挟箱を地べたに置いた。

「刀にかけてということでございますか」

　平九郎は言った。

「そういうことだ」

「先生は学者ではないのですか。学者は議論でこそ決着をつけるものでしょう」

「だが、議論をするほどの学識はおまえにはない。ならば、最早問答無用ということじゃ。おまえ、その勇気はあるか」

　奉天は言った。

　一膳飯屋での出来事が思い出される。

「むろんでござる」

「よかろう」

　奉天は刀の柄に手をそえた。

　平九郎も大刀の鯉口《こいぐち》を切る。

　つきたての餅のような白い肌が紅潮し、真っ赤な唇がへの字に引き結ばれた。

四

二人は無言で向かい合う。

「おやめください」

門左衛門が間に入った。

「門左衛門、口出しするな。武士が男と男の勝負なのじゃ」

奉天が言うと、

「口出し無用」

平九郎も門左衛門の仲裁《ちゅうさい》を拒絶した。

「いけません。ここは寺ですぞ。お寺の境内で刃傷沙汰《にんじょうざた》などお控えください」

強い口調で門左衛門は諫めた。しかし、平九郎も奉天も聞き届けるゆとりなどない。

「抜け」

奉天は言い放った。

その目は暗く淀《よど》み、必殺の気概に富んでいた。

「そちらこそ、抜かれよ」

つい、時間稼ぎのようなことを平九郎は言い訳してしまった。今すぐ切りかかる勇気が湧かない。時を稼ぎ、波立った気持ちを鎮めよう。

しかし、奉天の目は動かない。獲物を睨み据え、どこからでも仕掛けてこいという余裕すら感じさせる。

覚悟を決めた。

平九郎はゆっくりと刀を抜き放った。

奉天も腰を落とす。

が、刀の柄に右手はかかったものの、抜刀はしない。

腰を落としたまま平九郎を睨んでいる。

「おう」

気合いを入れ、腹から野太い声を発し、大上段に構えた。

「大目付の手先にしては、堂に入った構えをしおるではないか。ああ、そうであった。虎を退治したのであったな。まことは虎という名の猫ではなかったのか」

奉天はからかいの言葉を投げてきた。

「なにを」

睨み返すと、

冷静になれと心の奥底から声が聞こえてくるが、そんな余裕はない。奉天が裏切り、厚木から去るからには最早、評定は村上たちの勝利だ。どうでもよくなった。どうでもいいとは負けを意味するのだが、それでもいい。

奉天はかかってこいとばかりに腰を落とした。

平九郎は間合いを詰め、奉天の間近に迫って行った。

すると、

「おやめください」

門左衛門の切迫した声が轟き、大勢の足音が近づいてきた。思わず平九郎も振り上げた刀を下ろした。奉天も柄にかけた手を外し、背筋を伸ばす。それから、

「まいったな」

と、嘆いた。

大勢の庄屋と百姓たちが駆けつけた。

「先生、どういうこった」

「先生、一揆はせんでもいいべえ」

口々に大きな声で捲し立てる。

「まあ、待て」

奉天は宥めにかかった。

するとと百姓の一人が、奉天が旅支度をしていることに気づいた。

「先生、どこ行きなさるだね」

「いや、どこと言って」

奉天が困惑の表情となると、

「お城のお役人が言ってなさったことは本当かね」

一人が言うと、

「奉天先生は水瀬家を首になり、わしら厚木の領民を見捨てて、立ち去るという噂ですわ」

何人かがぎろりとした目で奉天を見た。

門左衛門も非難の籠もった目で奉天を見る。奉天は辟易としながらも、

「いかにもわしは厚木を出る」

しれっと答えると、

「やっぱりそうだ」

「裏切者」

百姓たちは色めき立った。しかし、奉天は落ち着き払ったもので、

「わしが厚木を出るのは、江戸に行って評定の場で村上らの専横を証言するためである」

堂々と胸を張った。

横目に門左衛門のしかめる顔が目に映った。そんなことお構いなしに、

「よってだ、わしは決しておまえたちを裏切るものではないのだ」

奉天の言葉を、

「いやあ、さすがは先生だ」

素直に信じる者もいれば、

「本当か」

疑う者もいる。

「ならば、先を急ぐでな」

奉天が去ろうとすると、

「先生、何も今夜旅立たれなくともよろしゅうございます。椿さまはまだ領内を調べておられるのですから。評定が開かれるのはまだ先でございましょう」

門左衛門が引き止めた。

「そうだ。先生、じっくりと話が聞きてえ」

一人が言うと、

「そうだ、そうだ」

たちまち賛同の声が夜空に響いた。

この声を奉天とても無視するわけにはいかず、

「しかし、今夜は遅いからな、明日の朝にでも」

奉天は言った。

「いや、本堂なら使えますぞ」

しれっと門左衛門が口を挟む。

「ほんなら、本堂へ行くだに」

百姓が言い、奉天の返事を待たずにぞろぞろと本堂に向かって歩き出した。

「さあ、奉天先生、参りましょうぞ」

平九郎は奉天を促し、本堂へと向かった。

本堂でずらりと顔を揃えた庄屋や百姓たちを前に、

「わしはな、今回の家老村上掃部輔、並びに園田右京の企て、断じて許すことはできぬ。よって、断固として戦い抜く覚悟じゃ」

悪びれもせず堂々と嘘を吐《つ》く奉天に平九郎は呆れるのを通り越し、感心すらした。

「頼もしいお言葉です」

門左衛門が称賛の言葉を投げかける。

「まことですな」

平九郎もそれを後押しするように言葉を添えた。ここは、なんとしても奉天にこれ以上の寝返りをさせてはならない。

みな、固唾《かたず》を呑んだ。

平九郎は、

「みなで証文をこさえてはいかがか」

と、提案した。

「証文まで作らなくともよかろう」

奉天は拒んだが、

「いいえ、ここは不退転《ふたいてん》の覚悟を御公儀と水瀬家中に示された方がよい」

平九郎は引かない。

「一揆を起こすと申すか」

首謀者である奉天が及び腰となっている。

「最早、一揆の必要はございません。ただ、駿河守さまの隠居反対を訴える証文を取ればよいのです」

「そなた、出過ぎた真似をしては、そなたの身が危ういぞ」

「わたしは奉天殿の吟味に対する報告書を作成し、大目付落合丹波守さまに提出する。糾問に対して、言語左右にして欲しくはない。奉天殿の証言には厚木領の領民の暮しが懸かるからな。奉天殿は申されました。領民たちと辛苦を共にし、新田を開き、養蚕や蜜柑を育てたと。ならば、領民のために証文一枚こさえるのになんの躊躇いがございましょう。差し出がましい役目を逸脱《いつだつ》したお願いとは承知です。若造が生意気申すと叱責《しっせき》されましょうが、わたしは天堂奉天の真実とは厚木で領民たちと共に苦楽を共にした四年間であると思います。この四年間が天堂奉天の真実、真実の姿であったと思います。わたしは落合さまに評定の場で真実を明らかにして頂きます」

「若いの……。真実を明らかにする、か。ふん」

　奉天は唇を噛んだ。

　平九郎は強い眼差しで奉天を見続けた。

　庄屋や百姓たちも身動《みじろ》ぎもしないで注視する。

「わかった」

奉天は胸を張った。

一同から歓声が上がった。

門左衛門が元昌以外の藩主を受け入れるつもりはなく、隠居は受け入れ難いと綴《つづ》った。それを庄屋たちが署名をし、血判を捺す。

「奉天先生、先生も血判署名をお願い致します」

門左衛門の求めを、

「その前に、他の村々の庄屋の血判署名も取らねばならないのではないのか」

遠回しに奉天は拒んだ。

「もちろん、貰うつもりです。ですが、今ここで先生の血判署名を貰うことは、なんら支障はないどころかかえって、それによって領内の結束を促すものと存じます」

門左衛門も諦めない。

「そうだ」

「先生、お願いします」

庄屋の間からも決意を促す声が聞こえてくる。

「先生」

門左衛門が迫る。

平九郎はじっと奉天の様子を見ていた。奉天はしばらく腕を組んでいたが、

「よかろう」

大きくうなずいた。

すかさず門左衛門は証文を奉天の前に置く。奉天はしばらく見つめていたが、筆を取るやさっと署名し、血判を捺した。それを高々と頭上に翳《かざ》し、

「これでどうじゃ」

と、みなを見回した。

みなはどよめいた。

天堂奉天の威厳と領民からの信頼を窺わせる現象である。それだけに、奉天の行動が歯がゆい。何故、領民を見捨てようなどということをしたのだ。おまえは、そんなにも底の浅い男ではないはずだぞ。

平九郎は痛烈な視線を向け続けた。

奉天は、

「わしに任せろ。絶対に殿に隠居などはさせない。絶対にな。わしが評定所で老中栗原佐渡守と村上、園田の悪事を暴き立ててやる。この身に代えてもな」

まるで酔ったような顔つきとなった。

それはまさしく嘘偽りのない、厚木に死す覚悟を示している。

「みな、先生がこうおっしゃっているんだ。まさしく、百人力だぞ」

門左衛門が言うとみなの口から歓声が上がった。

「先生、厚木領の命運はまさしく先生の肩にかかっておりますぞ」

門左衛門が言った。

「任せろ」

奉天の顔は朱《しゅ》に染まった。

五

長月の晦日《みそか》、園田右京は栗原佐渡守を外桜田の藩邸に訪ねた。奥書院で迎えた栗原は機嫌がよかった。

「吟味じゃがな、留役どもが帰り、準備が整ったようじゃ」

栗原に危機感はない。

「すると、次の式日に開かれるのですな。来月の二日……。明後日ということですか」

園田が尋ねると、

「いや、六日じゃ」

栗原は答えた。

「六日ということは、式日ではなく立合《たちあい》ですな」

立合とは月番の奉行が奉行の屋敷で審理を進める吟味のことをいう。

「ところで、天堂奉天、お召し抱えになりましたか」

ふと思い出したように園田は尋ねた。

「まだ、顔を見せぬぞ」

なんでもないことのように栗原は答えた。

「何をやっておるのでしょう」

園田が訝しむと、

「わしに召し抱えられるということで、気が大きくなり、吉原辺りで遊び呆けておるのではないか」

栗原は歯牙《しが》にもかけていない。

果たして、そうだろうか。天堂奉天、放蕩してくれていれば問題はない。しかしあの男のことだ。何か魂胆があるのではないか。

「いかがした」

黙り込んだ園田に栗原が問いかけた。

「天堂奉天のことを考えておりました。あ奴、この期《ご》に及んで裏切らぬかと危惧致しましてございます」

園田の心配を栗原は鼻で笑い、

「誓詞《せいし》まで差し出したのじゃ。それに、過分に過ぎるほどの厚遇《こうぐう》でわしが召し抱えるのじゃぞ。いくら、あ奴とて今更、駿河守に寝返ることはできぬ。それをすれば身の破滅だぞ」

「仰せの通りと存じますが、底なし沼のような摑み所なき男でございます」

「しかしのう、寝返るような証言をすればじゃ、何度も申すようにあ奴自身にも火の粉が飛ぶ。あ奴も無事では済まぬ。わしへの仕官を求め、水瀬家から去り、決して裏切らないという誓詞まで差し出したのじゃ。それで裏切ればあの者は汚名を残す。天下に自分の名を轟かせるという大望《たいもう》は悪名という形でしか残らぬ」

「確かにあの者、裏切りの汚名をこうむれば、老中や御公儀と戦った英雄とはなりませぬ。栗原さまの誘いに一旦は尻尾を振ったのですからな」

気を取り直すように園田は言った。

「そうじゃ。あの男のことは放っておけばよい。明日にでも、わが屋敷に参り、召し抱えてもらった喜びを訴えるに違いないわ。人物はともかく、才覚には優れておるという男、使い勝手がよさそうじゃ。何しろ、わしは老中、多忙を極め、とても栗原家中の政にまでは目配りできぬからな」

機嫌を直し、栗原は言った。

園田もそれ以上は奉天のことで懸念を示すことは差し控えた。

吟味を明日に控え、横手藩邸の書院で平九郎と星野は向かい合った。

「さて、吟味のことでござるが、評定所留役頭畑野志摩太郎が証人を糾問致す。ついては、糾問に対し、嘘偽りなく証言されよ」

平九郎の言葉に、

「承知致しました」

星野は答え、誰が呼ばれるのかを問うてきた。

「先頃行われた吟味始めの場において召し出された者たち、すなわち、貴殿に加え水瀬家国家老村上掃部輔、江戸家老笹野玄蕃、そして留守居役園田右京は召し出される。そして、以上の者に加え、厚木城下総年寄恵比寿屋勘兵衛、三輪田村の村長門左衛門他庄屋たち、そして、天堂奉天」

平九郎が語り終えると、

「天堂先生が証言してくだされば、勝ったも同然です」

星野は顔を輝かせた。

それを冷めた目で見ながら、

「ところが、天堂奉天、星野殿もよく存じておるように中々の曲者《くせもの》、果たして駿河守さまのために証言をするか不安はある」

平九郎が危惧の念を示すと、

「天堂先生とて、殿が隠居なされば、ご自分の立場が危うい。厚木の地にはおられませぬ」

厚木領での奉天の動きを知らない星野は戸惑いを示した。

「ところが、天堂奉天、園田右京に誓詞を差し出し、厚木の地を離れることを約束した。そればかりか、御老中栗原佐渡守さまに仕官する約定まで致した」

「なんと、天堂先生は村上殿らに寝返ったのでござるか」

「いや、そうとは限らぬ。奉天殿は三輪田村村長門左衛門をはじめとする厚木領内の庄屋どもと駿河守さまの善政、駿河守さま押し込めは村上らによる御家乗っ取りだという弾劾状に署名、血判しました」

「天堂先生、一体、どっちの味方なのですか」

星野は頭を抱えた。

「拙者は奉天殿の真実を見たい」

平九郎は言った。

「天堂先生の真実とは」

戸惑う星野に、

「厚木で暮らした四年間でござる」

平九郎は答えた。

まるで禅問答《ぜんもんどう》のような平九郎の答えに星野は黙り込んだ。

星野は不安を抱いたまま平九郎の屋敷を去った。正直、平九郎にも天堂奉天の出方は読めない。駿河守側に立った証言をするとは思うが、確証はない。かりに、村上一派に加担したとしても驚かない。

全ては吟味の場で明らかとなる。

六

吟味の日を迎えた。

立合とあって老中である栗原の姿はない。寺社奉行、町奉行、勘定奉行に目付が加わっているだけだ。落合保明の姿はなかった。病欠の届け出はないが、病床に伏していることは周知の事実とあって、誰も咎め立てたりはしない。健康であれば落合が座す辺りがぽっかりと空《あ》いている。

評定一座を構成する三奉行も監察役の目付も言葉を発しない。吟味は留役である畑野志摩太郎が行う。

隅では書物役が文机の前に座していた。

「これより、葉月二十一日に吟味始めが行われた相州厚木藩水瀬家家臣星野格之進、訴えの儀につき吟味を行う」

宣言をした畑野の声音は緊張を帯びていた。

畑野は緊張を悟られまいとしてか咳払いをすると、

「星野格之進をこれへ」

と、中間《ちゅうげん》に命じた。

程なくして星野が現れ、御白洲に敷かれた筵に正座をした。

「星野格之進、その方、去る文月に行われた国家老村上掃部輔らによる藩主水瀬駿河守押し込めは不当なものであり、村上らによる御家乗っ取りであるとの主張、今も変わりないか」

厳しい口調で糾問に及んだ。

一方星野も、

「変わりございませぬ」

と、凜とした声音で答えた。

「付け加えることがあれば申し述べよ」

と言うと、

「村上らの背後には御老中栗原佐渡守さまが控えておられます」

星野の主張に評定一座がどよめいた。寺社奉行の服部伊賀守が、

「滅多《めった》なことを申すでない」

と、叱責を加えた。

星野は構わず続けた。

「栗原さまは、ご自身の甥御、直参旗本綾野誠之助さまを駿河守さまの後継藩主に迎えるという村上掃部輔、笹野玄蕃、園田右京の誘いに応じ、後ろ盾となられた由《よし》にござります。尚、水瀬家中は御家騒動の責めを負い、五万三千石の内、一万石を御公儀に進上する裏約束が栗原さまと村上らの間で交わされておりました」

星野が証言を終えるとまたしても服部が口を挟もうとしたが畑野が目くばせをし、

「星野、その方が申したこと、まことなればまことに由々《ゆゆ》しきことじゃが、偽りとあれば畏れ多くも御老中を揶揄《やゆ》するもの、その方、只では済まぬぞ」

「むろん、承知しております」

「ならば、その方の証言を証拠立てるものがあるのか」

「わたしは、今申し上げたこと駿河守さま押し込めを行った園田右京よりしかと聞きました」

「わかった」

畑野は園田と村上、笹野を呼んだ。

村上と笹野は濡れ縁に座し、園田は星野の横に座った。

畑野が星野の証言の是非を村上と笹野に問いかけた。二人は揃ってそのような事実はないと否定した。

その上で、

「園田右京。星野はその方から綾野誠之助さまを新藩主に迎え、御公儀に一万石を進上することを聞いたと申しておるがいかがじゃ」

畑野が語調鋭く糾問した。

園田は評定一座を見上げ、

「全くもって、身に覚えのないことでござります」

秋晴れの空のような明瞭さで証言をした。

思わずといったように星野が園田を睨み、

「嘘を申すな」

強い口調でなじった。

即座に畑野が、

「控えよ、求められぬのに勝手なる発言は許さぬ」

星野は悔しげにうなだれた。それに対し、園田は泰然《たいぜん》自若《じじゃく》と座している。

「どうやら、星野の証言は信憑性《しんぴょうせい》がないもののようだ」

畑野は断じた。

いかにも吟味は決したかのような言い方である。

するとと、

「失礼つかまつります」

と、椿平九郎が声を放った。

一同の視線を浴びながら平九郎は肩を貸して落合保明を評定の場に連れて来た。落合はよっこらしょと評定一座の席に腰を下ろす。脇には平九郎が控えた。

落合は評定一座をぐるりと見回し一礼すると平九郎に囁《ささや》いた。平九郎はうなずくと、

「大目付、落合丹波守さまは病を押して評定一座に加わります。ご自分が取り上げた訴えであるからです。つきましては卒中の後遺症ゆえ、言葉を明瞭に伝えられませぬ。よって、わたしが代わって落合さまのお考えをお伝えします」

平九郎が言うと、

「そのようなこと前例がない。それに、椿殿は評定所とは無関係ではござらぬか。落合さまの代理など務まるはずはない」

畑野が反論した。

すかさず平九郎は畑野に向き、

「これは異なことを申される。わたしは落合さまの代理で厚木領を調べました。その際、貴殿とも顔を合わせ、調べについてやり取りもしましたぞ。無関係と言われるの

なら、何故、その場で申されなかった」

「そ、それは……」

畑野は口ごもった。

追い討ちをかけるように、

「そう言えば、畑野殿、連夜に亘って楽し気に飲み食いをなさっておられましたな。厚木藩水瀬家中と思《おぼ》しき方々とご一緒の様子であったが、評定所留役にふさわしい振る舞いですかな」

平九郎は問い詰めた。

畑野は面を伏せた。

すると服部が、

「落合殿は病を押してまで吟味に加わるのだ。異例なことじゃが、椿の代理を認めよう」

と、鷹揚ぶりを示すように言った。

反対の声は上がらなかった。

平九郎は評定一座に一礼した。

次いで早速落合に耳を貸す。落合はもぞもぞと口を動かした。いかにもそれを受けたように平九郎はうなずき、村上と笹野に問いかけた。

「村上、笹野、その方ら、駿河守さまを押し込めたは、駿河守さまのご行状、政が芳《かんば》しからずということであったな」

「御意にござる」

村上が答えると笹野も首を縦に振った。

「星野。駿河守さまのお側に仕える者として駿河守さま、不行跡であられたのか」

平九郎は村上と笹野から星野に視線を転じた。

「殿は生真面目なお暮しぶりでございます。遊興に耽《ふけ》ることなどはありませんでした」

星野が答えると、園田が、

「畏れながら、よろしいでしょうか」

と、発言を求めた。

平九郎が承諾すると、

「先頃、吟味始めの際、殿の遊興を証拠立てる出納帳を提出致してございます」

園田が言うと、

「そうであったな」

畑野は園田が持参した水瀬家の出納帳を取り出し文机の上で開いた。

「付箋の箇所をご覧くださりませ」

園田が言うと畑野はうなずき、付箋箇所を読み上げた。

それから、

「なるほど、遊興にかなり費《つい》えておるようだ」

畑野が言ったところで、星野が発言を求めた。畑野は却下したそうだったが、平九郎は落合に耳を寄せ、いかにも指示をされたように発言を許した。

「今、読み上げられた遊興は、殿お一人の遊興にあらず。藩邸、あるいはお城で催された宴、そして、ご正室勝代《かつよ》さまの墓参などを殿の遊興として計上されておるものでござります」

星野が反論を加えた。

園田が畑野に発言を求めた。

「勘定方の証言をお聞きになれば、殿の遊興は明らかとなります。星野殿は根拠なき、当て推量を申しておるに過ぎませぬ。おおっと、差し出がましいことを申しました」

園田は慇懃に頭を下げた。

「ならば、政についてはどうであるか。吟味始めの日、栗原さまに駕籠訴をした領民の訴えを裏付ける領内の訴状の類はなく、駿河守さまの悪政を明確にすることはできなんだ。吟味を行うに当たり、拙者と畑野殿が厚木領内を調べにまいったゆえ、その調べをこの場にて明らかとする」

平九郎の言葉に評定一座の者たちはうなずく。

まず平九郎が厚木領内の調査報告を読み上げる前に、証人として恵比寿屋勘兵衛、門左衛門他庄屋たちが星野と園田の背後に控えた。

平九郎は調査の報告を読み上げた。

元昌の政に賛同する者、反対する者の声を隠すことなく開陳《かいちん》した。

一方、畑野は水瀬家中の意見を中心に報告した。元昌の過酷な人事によって、家中が割れ、不満が鬱積したことを縷々《るる》述べ立ててから村上と笹野に、

「拙者の調べに間違いはないか」

と、確認した。

「ござらぬ」

「その通りでござる」

村上と笹野は答えた。

「どうやら、真っ二つに意見は割れてしまったな」

畑野は言った。

平九郎が、

「ならば、駿河守さまの手足となって、改革を推進した天堂奉天なる者の証言を求めては、と落合さまはおっしゃっておられます」

すると、

「天堂か」

園田は目を凝らした。

平九郎は中間に奉天を呼びにやらせた。

畑野も評定一座からも反対の声が上がらなかった。

やがて、奉天が御白洲に入って来た。評定の場だからといって飾り立ててはいない。変わっていることといえば、時節柄、小袖が単衣から袷になっていることくらいだ。無精髭も剃られてはいない。

評定一座の中には顔をしかめる者もいたが気にする素ぶりなどなく奉天は園田の隣にどっかとあぐらをかいた。

「無礼者、評定の場をなんと心得おる。正座をせぬか」

畑野の怒声が飛んだ。

「なりふりに拘《こだわ》るは中身のない者じゃ。が、いいだろう。そなたの顔を立ててやるか」

奉天は正座をした。

「さあ、なんでも尋ねるがよかろう」

奉天は言った。

畑野が、

「その方、水瀬駿河守さまに取り入り、専横を極めたということであるが、いかに」

奉天は臆することなく、

「わしは殿に取り入ったのではない。殿より信頼を得て、三顧《さんこ》の礼《れい》を持って迎えられた者である。わしは殿の期待に応え、思うさまわが才覚を発揮し、厚木領の暮らし改善のために尽くしたのだ」

奉天はいかに自分が厚木藩のために尽くし、かつそれが実を結んでいかに水瀬家の台所を潤わせたのかを得意の長広舌《ちようこうぜつ》をもって語った。評定一座の中には露骨にあくびを漏らす者もいた。しかし、奉天は全く臆することなく語り終えた。

畑野が、

「して、その方が考えるに駿河守さまに失政はなかったと申すのじゃな」

と、問いかけた。

奉天はその問いかけを真正面から受け止め胸を張った。

すると、

「許せよ」

野太い声が聞こえたと思うと栗原佐渡守が入って来た。

七

評定一座が一斉に頭を垂れる。畑野も両手をつき、平九郎も平伏した。水瀬家の者もみな、老中栗原佐渡守さまのご出座と聞き、畏れ入る中、只一人天堂奉天のみは気にする素ぶりも見せずに胸を張っていた。

栗原は畑野と平九郎に、

「わしを気にすることなく吟味を続けよ。なに、暇ができたのでな、わしが吟味始めに関わった一件ゆえ、気がかりとなって参った次第じゃ。吟味に口を挟むことは差し控えるぞ」

と、声をかけた。

「畏れ入りましてございます」

畑野は頭を下げてから奉天に向き直った。

奉天は発言を遮られ、ムッとしていたものの気を取り直して話し出そうとした。すると、

「おお、そなたか、天堂奉天は」

栗原が声をかけた。

「いかにも」

奉天は返事をしたものの、老中から声をかけられ明らかに動揺をしている。

「そうか。ここで会えるとはうれしいぞ。わしはな、その方が訪ねて来るのを今日か明日かと待っておったのじゃ」

するとと服部が、

「御老中、この者をご存じなのでございますか」

「面識はないがの、その高名は耳に達しておる。それはもう優れた学者ということでな、こたび、水瀬家中の御家騒動が起き、せっかくの才を埋もれさせてしまっては大いなる損失であると思い、わが家中にて召し抱えようと誘いをかけたのじゃ。のお」

と、奉天に声をかけた。

奉天は苦い顔で黙り込んだ。

栗原は笑みを広げ、

「何もそう固くなることはない。わしはこの者をな、禄高千石、さらには家中の重役に取り立てると約束をし、この者もそれを承諾する旨、書面にて了承したのじゃ」

栗原は懐中から奉天が記した受け取り証文を取り出すと、評定一座に回覧《かいらん》を始めた。みな、受け取り証文と御白洲に座するむさ苦しい奉天を交互に見比べる。

回覧の間に、

「天堂奉天、そなた、水瀬駿河守さまに仕える者ではないのか」

畑野が問いかけた。

「いかにも」

奉天が答えたところで、

「畏れながら、そのことにつき、申し上げたいことがござります」

園田が発言を求めた。

「申してみよ」

畑野が発言を許可した。

園田は一礼をしてから、

「天堂奉天なる者、水瀬家中の者ではございません」

と、奉天を見た。

「なんじゃと」

畑野は当惑の表情を浮かべた。

奉天は正面を見据えたまま身動《みじろ》ぎもしない。おもむろに園田は懐中から一通の証文を取り出し、畑野に示した。畑野はうなずく。御白洲に控える同心が受け取る。畑野は濡れ縁に出て同心から証文を手渡された。

席に戻り、一瞥してから評定一座の奉行たちに回覧した。

園田が、

「証文にあります通り、奉天はわが水瀬家を去った者にございます。従いまして、当家とは縁も所縁もない者、そんな者が当家の政につき、評定の場にて意見を申し述べるのは笑止《しょうし》でござります」

轟然と言い放った。

「いかにも、今は浪々の身、水瀬家の禄を食んではおらぬゆえ、水瀬家の顔色を窺う必要もなし。正々堂々、意見を述べられるというものである」

奉天は園田を睨み返した。

畑野が身を乗り出そうとした時、

「よう、申した」

突如として落合が大きな声を放った。

「しかし、あくまで水瀬家の御家騒動につき、吟味する場でございます。水瀬家と関わりのない浪人がいていいものでしょうか」

畑野が反論した。

すかさず栗原が口を挟んだ。

「天堂奉天はわしが召し抱えたのじゃ。よって、水瀬家とは関わりない」

語調鋭く言い、落合を制して、

「天堂奉天、すぐにこの場を立ち去れ」

と、命じた。

我慢していた星野であったがここに至って、

「お待ちください。浪人であろうと栗原さま家中の者であろうと、天堂奉天が水瀬家におり、駿河守さまの手足となって藩政改革を担ったことは事実でござる。よって、吟味をするに当たって有効な証言を得られるものと確信致します」

畑野が、

「控えよ、星野、御老中の御前《おんまえ》であるぞ」

栗原が星野を睨みつける。

星野は唇を噛み、両手をついた。

「天堂奉天、出ていけ」

居丈高に畑野が命じた。二人の同心たちが奉天の両腕を取った。

そこへ、

「待て！」

落合が怒声を放った。

弾かれたように同心たちが動きを止めた。

一同の視線が落合に集まる。落合は表情を落ち着かせ、

「畑野、考え違いをするでない。吟味は我らと、その方ら留役で行うものぞ。御老中は見届けるのみ。御老中の御前を憚《はばか》っての吟味などすべきではない」

これには畑野も返す言葉がなく口を閉ざした。これまで平九郎を介しての発言をしていた落合が口を開いた。しかも、病み上がりとは思えない明晰《めいせき》さを感じさせる。みな虚《きょ》をつかれ唖然とした。

それでも、栗原が、

「丹波、そなたの物言いはわしを無視するものぞ」

険しい顔つきとなって落合を睨む。

評定の場の空気が緊張を帯びた。

「では、佐渡守さまは吟味に口を挟まれるのですか。それは、差配違いと存じますぞ」

老中の威勢にもたじろぐことなく落合は異論を唱える。幕府は差配違い、すなわち、職分を超えた役目の遂行を許さない。老中は評定の場に出ても、吟味に加わることはなく、評定一座を構成する三奉行から意見を求められた時にのみ発言するのが慣例であった。

今度は栗原が口ごもった。

どぎまぎとした服部だったが、

「評定一座として御老中にお伺い致します。水瀬家と関わりのない天堂奉天をこれ以上吟味の場に留めてよいものでしょうか」

いかにも栗原への追従である。

栗原が返事をする前に、

「御老中……」

落合が栗原に向いた。

「なんじゃ」

顔を歪め栗原は問い返す。

「御公儀に対し、弓引く者を召し抱えられるのですか」

落合は奉天を見下ろす。

「弓引くじゃと……」

栗原は目を剝いた。

「いかにも、天堂奉天は駿河守殿隠居、新藩主を迎えることを嫌い、領民どもを束ねて一揆を企てたのでござる」

やおら、落合は立ち上がり平九郎から渡された一揆の血判書を両手で広げ、頭上に掲げた。

一同がどよめいた。

「一揆を企てる者、すなわち、御公儀に弓引く者を御老中は召し抱えられるのですかな」

落合は血判書を栗原に突きつけた。栗原は手に取らない。すると落合はよろめいた。栗原がはっと落合を向いたところで、すかさず血判書を押しつけ受け取らせた。

次いで、

「三輪田村、村長門左衛門」

と、大きな声で門左衛門に呼びかけ、席に戻った。何も問われる前から、門左衛門は畏れ入ったように平伏した。

「そなたらは、天堂奉天の企てに乗り、一揆を起こそうと致したこと、相違ないな」

落合の糾問に、

「はい……。ですが」

門左衛門は認めたものの何か言いたそうだ。しかし、落合は、

「領民どもが一揆を企てたことは不届き至極《しごく》ではござるが、それは、ひとえに駿河守殿の政に感謝しての行いである。この企てを以ってして、駿河守殿の政に落ち度があったとは思えず、従って、家老村上掃部輔らによる押し込めは不当であると申せる」

明瞭な声で断じた。

評定一座はぶつぶつと言葉を交わしているものの、意見を述べる者はいない。さざ波のようなざわめきが広がっている。

その騒ぎを遮るように、

「よろしいでしょうか」

園田が発言を求めた。

「なんじゃ」

落合が許した。

最早、評定は落合が支配している。

「一揆を企てた領民どもは厚木城に出頭致しました」

園田は言った。

嫌な予感が平九郎の胸を覆った。

園田は続ける。

「水瀬家では、領民どもの不安を鎮めるため、今年の年貢を減免する政令を出したのでござります。領民どもの不安が一揆となって爆発するという噂が城中に届きましての処置でござります。これまで、駿河守さまの過酷な年貢取り立てに苦しんだ挙句《あげく》、新藩主さまを迎えることの不満が高まったものと考えられ、当家と致しましては、藩政を一新し、併せて民心も改め、水瀬家中と領民の心がひとつにあるよう、一揆を企てた者は特に咎め立てぬという寛大な処置を致した次第でござります」

立て板に水の如き流暢《りゅうちょう》さで園田は述べ立てた。

栗原が服部に目配せをした。

「御老中、園田の証言、いかにお考えでございますか」

服部が意見を求めると、

「してみると、天堂奉天の一揆企てに領民どもが賛同したのは、駿河守殿の隠居、新藩主就任へ反対するというよりは、駿河守殿の多年に亘る過酷な年貢取り立てに起因するということじゃな」

栗原は断じた。

「仰せの通りでございます」

園田も力強く首肯した。

服部が、

「丹波殿、どうやら、領民どもも駿河守殿の政には困り抜いていたようじゃのう。これでは、押し込めに遭うのも無理からぬと存ずるぞ」

勝ち誇るように言った。

落合は渋面を作った。

園田が、

「この場にて、是非とも申し上げたいことがございます」

と、半身を乗り出した。

「申せ」

服部が許した。

「天堂奉天が一揆を企てるに際して、煽り立てた者がおります」

園田は言った。

「それは、何者じゃ」

服部が問いかけると、

「大内家留守居役、椿平九郎でござります。椿は大目付、落合丹波守さまの名代などと言い募り、好き勝手に厚木領内を掻きまわしたのです」

園田が答えると、栗原が落合をじろりと見た。落合は動ぜず、

「いかにも、わしが探索を行わせました。大内屋敷は水瀬家中から襲撃された星野格之進を匿っております。よって、評定所の行き帰りも椿をはじめ大内家の者が同道する。わしは、星野の訴状を受け入れた。よって、椿を厚木領に遣わした」

と、平九郎に向いた。

「わたしは、断じて煽ってなどおりません」

だが、栗原は平九郎を無視して、

「天堂、園田の申したこと相違ないか」

奉天は勿体をつけるようにごほんと空咳をしてから、

「一揆を企てたのはわしの考えでござる。わしは、他人から言われて動くことなどはない」

これには園田が、

「何を申す。そなた、しかとわしに椿平九郎に煽られたと申したではないか」

奉天はどこ吹く風といった調子で、

「はて、そんなことを申したかな。申したとすれば、領民を庇うために申したのだな」

「惚けるな！」

園田は熱り立った。

「静まれ！」

落合が園田を宥めた。

村上はおろおろと落ち着きを失くした。

「天堂奉天、いま少し、詳らかに一揆について話してみよ」

落合が命ずる。

「されば申し上げる。わしは園田殿に呼び出され、年貢減免の措置が実施されると聞きました。それならば、一揆をする必要はござらん。駿河守さまのような善政が行われるのであろうと安堵致した。これなら、わしも厚木を去ることができる。去るに当たって、領民どもを守らねばならぬと思った。その一念から、椿平九郎殿に扇動されたなどと申したのだ」

さらりと奉天は言ってのけた。

「園田、天堂が申したことといかに思う」

落合に発言を許され、

「なるほど、天堂が領民を庇って椿殿に一揆を扇動されたと偽ったとしましたら、椿殿の罪は問えません。ですが、天堂が欺瞞《ぎまん》を繰り返す曲者であることは間違いござらぬ」

園田は言葉に熱を込めた。

落合は奉天に扇子の先を向け、無言のうちに意見を求めた。

「いかにもわしは曲者でござる。そのことを否定するつもりはない。ところが、そんな曲者のわしを駿河守さまは召し抱え、改革を任せてくださった。わしは駿河守さまの期待に応えようと尽くした」

奉天が答えると落合が、

「ならば、その方ら、存分に思うところを言い合ってみよ」

すかさず畑野が、

「吟味の席で、吟味を受ける者同士が議論を戦わせるなど聞いたことがございません」

落合はけろっとした顔で、

「その方、留役の身で知らぬか。十九年前の霜月《しもつき》、上野国《こうずけのくに》水口《みなくち》村と香月《こうづき》村の水利権訴訟において、わしは当事者同士を議論させたぞ」

「十九年前でございますか……」

記憶の糸を手繰るように畑野は首を傾げた。

「なんじゃ、忘れたか」

落合は舌打ちをした。

「裁許帳を調べたいと存じますが」

言い訳するように返す畑野に代わって、

「確かに落合さまは水口村の善三《ぜんぞう》と香月村の新次郎《しんじろう》、すなわち双方の村長の言い分を申し述べさせ、その後、議論させせました」

平九郎が答えた。

落合は笑みを浮かべ、

「椿、よく存じておるな。そういえば、そなた、わしの裁許した記録を残らず調べたとか」

「享和二年（一八〇二）、水口村と香月村の訴訟は落合さまが勘定奉行にご昇進なさって間もなくに起きたものでございました」

平九郎が応じると、

「そうであった。いや、懐かしいのう」

落合が満足そうにうなずいたところで、

「もう、よい。わかった。さっさと吟味を続けよ」

栗原が焦れた。

改めて落合は園田と奉天に双方の言い分を戦わせるよう命じた。奉天は園田を向いた。園田も奉天に向き直った。

園田が、

「天堂、そなた、領民のためと申したが、所詮は余所者ではないか。殿に取り入って、改革を行ったものの、自分の立身のためであろう」

「いかにもわしは余所者だ。だがな、わしは駿河守さまから改革を任され、領内の隅々を周り、領民たちと共に汗を流してまいった」

奉天は刺すような目で園田を見返す。

「そなたは、言うことがころころと変わる。信用の置けぬ、口舌《こうぜつ》の徒《と》じゃ」

園田はなじった。

「口舌の徒はそなたぞ。わしはころころと言うことが変わる。じゃがな、わしは厚木の領民と共にあった四年間、真実を追い求めた。領民たちが安寧に暮らせることじゃ。そのためには、そなたら御家の上層部に嘘を吐いたこともある。大風呂敷を広げたこともある。園田、わしを口舌の徒となじったが、一束の稲を植えたことがあるか。荒れ地を開墾したことがあるか。たわわに実った稲穂に感謝したことがあるか。蜜柑の成った木を抱きしめたことがあるか」

決して声高ではなく淡々と僧侶の法話のように奉天は語った。

園田は口を噤んだ。

門左衛門が、

「天堂先生はわしらと一緒に泥にまみれて野良仕事をやってくださいました。御家のお侍さまは年貢を取り立てる時だけ村々を回るだけなのに」

思わずといったように言い立てると、

「そうだ、天堂先生はわしらには嘘を吐かねえ」

「天堂先生はわしらと一緒に汗を流し、同じ飯を食っただ」

「飢えて死ぬ者もいなくなっただ」

庄屋たちが騒ぎ立てた。

畑野が静めようとしたが落合の意向を窺うように押し黙った。

「天堂、続けよ」

落合は奉天を促した。

「園田、わしは嘘吐きじゃ。その時々で都合のいいことを言い立てる。じゃがな、厚木領の大地に対して嘘は吐いたことはない。嘘を吐けば、しっぺ返しを受けるからのう」

奉天は哄笑《こうしょう》を放った。

秋晴れの空に奉天の笑い声が吸い込まれる。

奉天がひとしきり笑ったところで、

「どうやら、勝負あったようじゃな」

落合は言った。

園田はがっくりとうなだれたが、

「評定一座の吟味に口を挟むようじゃが、丹波、天堂と園田の言い争いに決着がついたとて水瀬家の御家騒動に関わりがないと思うがな」

栗原が異論を述べ立てた。

「これは、御老中ともあろうお方とは思えぬお言葉ですな」

苦笑混じりに落合は栗原を見返した。

「なんじゃと」

栗原は目を剝いた。

服部が間に入ろうとしたが、

「佐渡守さま、園田と天堂の言い分ばかりではなく、民の声を聞かれましたでござりましょう。厚木の領民どもは口々に天堂に感謝の言葉を述べ立てましたぞ。天堂への感謝、すなわち、天堂に改革を任せた水瀬駿河守殿への感謝でござる」

落合は言った。

「ふん、百姓どもが何を申そうと、こたびの御家騒動に関わりはない」

栗原は吐き捨てた。

「民の声を聞くことは政を担う者には当然のこと。それゆえ、八代将軍吉宗公は目安箱を設置されましたぞ」

一歩も引かない落合に栗原は顔を歪め、

「民の声を聞くことは必要だが、水瀬家の御家騒動には関わりがないと申しておるのじゃ」

口角泡《こうかくあわ》を飛ばさんばかりに喚《わめ》き立てた。

落合は目をしばたたいた。次いで、首を捻り、腕を組む。栗原は不安を感じたようで、

「丹波、どうした」

語気を荒らげ落合を問い詰めた。

腕を解いた落合は、

「わかりませぬな。関わりがないとどうして申されるのか……。よろしいですか、そもそも水瀬家の御家騒動の発端《ほったん》は佐渡守さまが厚木の領民の訴えをお聞き届けになったことですぞ」

「そ、それは……」

栗原の表情が強張った。

「登城の途中、駕籠訴をお取り上げになられたのですな。四人の領民が駕籠訴に及び、四人は斬られたものの、訴状が取り上げられたことで浮かばれましょう。まさしく、

佐渡守さまは民の声をお取り上げになられたではござりませぬか」

「ああ……、そうであったな」

落合にやり込められ、栗原の額に汗が光った。

「そういえば、佐渡守さまには駕籠訴を受けること、予感されたのですかな。その日に限っては駕籠をゆるゆると進めておられたとか」

老中の駕籠は登城の際も下城の際も急いで進む。異変が出来《しゅったい》した時のみに急いでは江戸中に大事件が起きたという噂が伝わってしまうからだ。常に急げば、どのような変事が起きていようと町人たちを不安がらせない。

「あの日は、少々、具合が悪くてな」

懐紙で栗原は汗を拭った。

「それと、駕籠訴をした厚木の領民ども、厚木藩のいずれの村の者か未だにわからぬそうでござる」

落合は独り言のように呟いた。

重苦しい空気が漂う。

やおら立ち上がった落合は濡れ縁まで歩き、

「領民ども、駿河守殿の政を望むのじゃな」

よく通る声で問いかけた。

門左衛門たちは口々に望むと言った。一人、勘兵衛のみは渋い顔で横を向いていた。

「吟味は尽くしたようじゃな」

落合は席に戻った。

「さすがは名奉行じゃ。お見事でござった」

奉天が称賛の言葉を放った。

園田と村上はがっくりと肩を落とした。

八

長月の晦日の夕暮れ、平九郎は落合屋敷を訪れた。庭に面した居間に通されると落合は火鉢に当たり、毛抜きで顎に生えた無精鬚を抜いていた。その前に大内盛清が座し、二人はこれから囲碁を打つそうだ。

水瀬家御家騒動は村上掃部輔たちによる、御家乗っ取りだという裁許が下った。水瀬元昌は無事藩主の座に留まった。元昌は押し込めに加担した者たちを隠居させはしたが、命までは取らなかった。

「落合さま、まこと名裁きでございました」

平九郎が褒め称えると、

「いや、いや、そなたに助けられた」

毛抜きを脇に置き、落合は言った。

「大したことはしておりません」

平九郎が首を左右に振ると、

「享和二年の訴訟……。助かったぞ」

落合はにんまりとした。

「夢中で、つい、口から出任せで申してしまいました」

平九郎は頭を掻いた。

吟味される者同士を議論させた例として落合が挙げた上州水口村と香月村の訴訟は落合の作り話であった。

「ああいう時は歳の功《こう》じゃ。勢いで押して相手を言い負かすに限る。そなたが、わしに合わせてくれ助かったぞ」

「大変に勉強になりました」

「だがな、決して、真似たり、参考にしてはならんぞ」

ここで盛清が口を開いた。

「あれは、名奉行落合丹波守であればこそ通用するのじゃ」

盛清の言葉を受け、平九郎は落合に一礼し、

「こたび、落合さまに学びました」

「ほう、この老いぼれから何を学んだ」

落合は鷹揚に返した。

「真実を明らかにするためには何をも恐れてはならぬ、また、真実はいかなる権力にも勝る」

厳《おごそ》かに平九郎は答えた。

盛清が大きくうなずき、

「よう申した。わしもこの耄碌爺の花道を飾ってやった甲斐があるというものじゃ」

と、得意げに言った。

落合はそれには答えずふと思い出したように、

「そうじゃ、駿河守殿から丁寧な書状を貰った。感謝の言葉が書き記され、冬になったら蜜柑を贈ってくださるそうじゃ」

「蜜柑は格別でございます」

落合は立ち上がると障子を明け、縁側に立った。

手入れの行き届いた庭が見渡せる。木々が色づくには早いが、枝ぶりのいい松の緑が薄暮にも鮮やかだ。

「半時ほども早く来ておれば、そなたも花を愛でられたのに……。もう、しぼんでしまったな」

落合は白木槿《むくげ》の木を眺めやった。木槿は朝に花を開かせ、夕方にはしぼませる。

黄昏時《たそがれどき》、夕陽に染まる名奉行は老いを楽しむかのように空を見上げた。


平九郎は落合の屋敷を辞した。

屋敷の前に植えられた柳の木陰から一人の侍が現れた。

園田右京である。

用向きを確かめなくても園田の意図は明らかだ。

額に鉢金を施し、黒小袖に裁着け袴、襷掛けをしている。まごうかたなく、平九郎に立ち会いを求めていた。野望を挫かれた恨み、屈辱を晴らすには剣しかない、すなわち命を賭して平九郎に挑んできたのだ。

武士が刀に懸けているのだ。

言葉はいらない。

平九郎は無言で羽織を脱ぎ捨て、抜刀した。

園田は眦を決し、斬りかかってきた。下段から斬り上げた太刀筋は迅速で力強い。陰謀に長けた策士であるばかりか、一門の剣客であることを窺わせる。

平九郎は後方に飛び退き、園田の刃をかわした。びゅんと空を切った白刃が夕陽を受けて煌めいた。園田は体勢を崩すことなく大刀を八双に構え直す。

正眼に構えた平九郎は間合いを取り、園田の動きを見定める。

色なき風は月代を通り抜け、二人の間をひらひらと蝶が飛んでゆく。殺気立った真剣勝負には不似合いに清かな秋の夕暮れである。

園田の目は鋭く凝らされ、平九郎を射すくめんばかりだ。

平九郎はゆっくりと大刀の切っ先で八の字を描き始めた。間合いを詰めようとした園田の足が止まる。

八の字を描きながら平九郎は表情を柔らかにした。つきたての餅のような白い肌が薄っすらと赤らみ、紅を差したような唇が艶めく。

園田の目がとろんとなり、強張った表情が緩んでゆく。

今、園田の眼前には丹沢《たんざわ》の山並みが浮かび、小川のせせらぎが聞こえている。厚木領の野山が広がり、畦道で遊ぶ子供たちの笑顔に心が和んだ。

勝負への熱が冷めそうになったところで、園田は強く首を左右に振った。

我に返ったところで、間合いを詰めるや、

「てぇい！」

裂帛の気合いと共に大刀を袈裟懸けに斬り下ろした。

が、そこにいるはずの平九郎の姿がない。

「横手神道流、必殺剣朧月」

園田の背後で平九郎は静かに告げた。

園田が振り向くや、平九郎は首筋に峰討ちを食らわせた。

園田は膝から頽れた。

平九郎は納刀し、

「いつでも相手になる。但し、次は容赦しない」

と、告げて立ち去った。

園田は完敗を認めるように首を垂れた。

肌寒い風が吹き抜けていった。

時代小説

二見時代小説文庫

打倒《だとう》！御家《おいえ》乗《の》っ取《と》り　椿平九郎《つばきへいくろう》留守居秘録《るすいひろく》6

二〇二二年　九　月二十五日　初版発行

著者　早見《はやみ》 俊《しゅん》

発行所　株式会社　二見書房
〒一〇一-八四〇五
東京都千代田区神田三崎町二-一八-一一
電話　〇三-三五一五-二三一一［営業］
〇三-三五一五-二三一三［編集］
振替　〇〇一七〇-四-二六三九

印刷　株式会社　堀内印刷所
製本　株式会社　村上製本所

ISBN978-4-576-22130-4
https://www.futami.co.jp/

早見俊

椿平九郎 留守居秘録 シリーズ

以下続刊

① 椿平九郎 留守居秘録 逆転！評定所
② 成敗！黄金《きん》の大黒
③ 陰謀！無礼討ち
④ 疑惑！仇討ち本懐
⑤ 逃亡！真実一路
⑥ 打倒！御家乗っ取り

出羽横手藩十万石の大内山城守盛義は、江戸藩邸から野駆けに出た向島の百姓家できりたんぽ鍋を味わっていた。鍋を作っているのは馬廻りの一人、椿平九郎義正、二十七歳。そこへ、浅草の見世物小屋に運ばれる途中の虎が逃げ出し、飛び込んできた。平九郎は獰猛な虎に秘剣朧月《おぼろづき》をもって立ち向かい、さらに十人程の野盗らが襲ってくるのを撃退。これが家老の耳に入り……。

早見 俊

勘十郎まかり通る

シリーズ

完結

①勘十郎まかり通る　闇太閤の野望
②盗人の仇討ち
③独眼竜を継ぐ者

向坂勘十郎は群がる男たちを睨んだ。空色の小袖、草色の野袴、右手には十文字鑓《やり》を肩に担いでいる。六尺近い長身、豊かな髪を茶筅《ちゃせん》に結い、浅黒く日焼けしているが、鼻筋が通った男前だ。肩で風を切り、威風堂々、大股で歩く様は戦国の世の武芸者のようでもあった。大坂落城から二十年、できたてのお江戸でドえらい漢《おとこ》が大活躍！

早見俊

居眠り同心 影御用

シリーズ

完結

閑職に飛ばされた凄腕の元筆頭同心「居眠り番」蔵間源之助に舞い降りる影御用とは…!?

① 居眠り同心 影御用 源之助人助け帖
② 朝顔の姫
③ 与力の娘
④ 犬侍の嫁
⑤ 草笛が啼《な》く
⑥ 同心の妹
⑦ 殿さまの貌《かお》
⑧ 信念の人
⑨ 惑いの剣
⑩ 青嵐《せいらん》を斬る
⑪ 風神狩り
⑫ 嵐の予兆
⑬ 七福神斬り
⑭ 名門斬り
⑮ 闇の狐狩り

⑯ 悪手《あくしゅ》斬り
⑰ 無法許さじ
⑱ 十万石を蹴る
⑲ 闇への誘い
⑳ 流麗の刺客
㉑ 虚構斬り
㉒ 春風の軍師
㉓ 炎剣《えんけん》が奔《はし》る
㉔ 野望の埋火《うずみび》(上)
㉕ 野望の埋火(下)
㉖ 幻の赦免船
㉗ 双面の旗本
㉘ 逢魔の天狗
㉙ 正邪の武士道
㉚ 恩讐の香炉

早見 俊

目安番こって牛征史郎

シリーズ

完結

① 憤怒の剣
② 誓いの酒
③ 虚飾の舞
④ 雷剣の都
⑤ 父子の剣

九代将軍家重を後見していた八代将軍吉宗が没するや、家重の弟を担ぐ一派が暗躍しはじめた。家重の側近・大岡忠光は、直参旗本千石、花輪家の次男坊・征史郎に「目安番」という密命を与え、家重を守らんとする。六尺三十貫の巨軀に優しい目の快男児・征史郎の胸のすくような大活躍!!